Horst Evers, Rita Falk, Klüpfel & Kobr u. a.
URLAUB MIT

PUNKT

PUNKT

PUNKT

Rowohlt Taschenbuch Verlag

Herausgegeben von Marcus Gärtner

Originalausgabe
Veröffentlicht im Rowohlt Taschenbuch Verlag,
Reinbek bei Hamburg, Juni 2012
Copyright © 2012 by Rowohlt Verlag GmbH,
Reinbek bei Hamburg
Die Geschichte «Urlaub mit Kluftinger» erschien unter
dem Titel «Das geheimnisvolle Zimmer» bereits in:
Volker Klüpfel / Michael Kobr, «Zwei Einzelzimmer, bitte!
Mit Kluftinger durch Deutschland» [Piper Verlag 2011].
Umschlaggestaltung any.way, Hannah Krause
(Illustration: Rudi Hurzlmeier)
Satz DTL Documenta PostScript (InDesign)
Gesamtherstellung CPI – Clausen & Bosse, Leck
Printed in Germany
ISBN 978 3 499 25886 2

URLAUB MIT ...

Horst Evers ... **Haus**
9

Rita Falk ... **Dick und Doof**
19

Markus Barth ... **wilden Tieren**
37

Martina Brandl ... **Alkohol**
49

Dietrich Faber ... **Schlumpfloch**
63

Frank Schulz ... **den Müllers aus Offenbach**
77

Kirsten Fuchs ... **Hackepeterschwein**
95

Volker Klüpfel/Michael Kobr ... **Kluftinger**
105

URLAUB MIT ...

Janne Mommsen   **... der MS Gala II**
117

Tex Rubinowitz   **... Esel**
133

Thomas Gsella   **...einem fliegenden Motorrad**
143

Stefan Schwarz   **... Bauarbeitern**
153

Rainer Moritz   **... Tofik**
161

Oliver Maria Schmitt   **... Schwanz und Schnee in Las Vegas**
177

Matthias Sachau   **... Bagage**
189

Mia Morgowski   **... richtig guter Planung**
205

URLAUB MIT ...

Oliver Uschmann   **... Wischmopp**
227

Jenni Zylka   **... nur einer Kontaktlinse**
245

Hans Rath   **... viel Geld**
257

Über die Autoren
277

Horst Evers
URLAUB MIT ...

... Haus

Die Freunde haben ein Ferienhaus gemietet. An der Ostsee. Ein großes Ferienhaus. Und jetzt müssen wir mit ihnen da Urlaub machen. «Weil es sich sonst ja nicht lohnt.»

Das war die offizielle Begründung. Also mit diesen Worten wurden wir gefragt, ob wir nicht mit in dem Haus Ferien machen wollen. «Weil es sich sonst ja nicht lohnt.»

Alleine kriegen sie das Haus nicht genügend bewohnt. Wenn zu wenig Leute darin wohnen, fühlt sich das Haus unterfordert. Das sollte man nicht zulassen. Das ist wie mit Kindern in der Schule. Die darf man auch auf keinen Fall unterfordern. Sonst fangen die an, sich zu langweilen, werden unaufmerksam, machen Quatsch, sind abgelenkt, kriegen irgendwann überhaupt gar nichts mehr mit, werden dann immer schlechter in der Schule, bis sie völlig den Anschluss verlieren, keinen Abschluss hinkriegen, auf die schiefe Bahn geraten und dann beispielsweise mit Drogen handeln.

So, und damit dieses Ferienhaus an der Ostsee eben nicht irgendwann anfängt, mit Drogen zu handeln, müssen wir da jetzt also mit in den Urlaub. Damit sich das auch lohnt. Das Haus auffüllen.

Wie bei Einkäufen, wo man dann auch noch das eine oder andere dazunimmt, damit der Weg sich gelohnt hat. Also man ist los, weil man Milch und vielleicht noch Klopapier brauchte, aber am Ende nimmt man dann auch noch irgendwelchen Quatsch dazu, damit sich der Weg gelohnt hat. Ich habe mehrere Sorten Beuteltee zu Hause, die ich nur besitze, weil sich der Weg ja sonst nicht gelohnt hätte.

Es gibt riesige, weltweit agierende Unternehmen, deren Geschäftsmodell komplett auf den «Weil sich ja sonst der Weg nicht gelohnt hätte»-Käufen basiert.

IKEA zum Beispiel. Da wurden schon ganz seriöse Untersuchungen angestellt, die belegen, dass die «Weil man jetzt grad mal da ist, nehmen wir das doch schnell mal mit»-Käufe bei IKEA rund siebzig Prozent des Gesamtumsatzes ausmachen. Das ist deren Trick. Ich kenne ein Paar, das bei denen ein Schlafsofa kaufen wollte, kein schönes gefunden hat und stattdessen mit sonstigen Einrichtungsgegenständen und Wohnacccessoires im Wert von ca. 1,75 Schlafsofas nach Hause gekommen ist. Ein halbes Jahr später haben sie dann doch ein Schlafsofa bei IKEA gekauft, weil das (wörtliches Zitat!) einfach am besten zu der restlichen Einrichtung ihrer Wohnung passt.

Wobei es sich ja auch für den Kaufgegenstand wahrscheinlich gar nicht so toll anfühlt, nur gekauft worden zu sein, weil sich sonst der Weg nicht gelohnt hätte. Also ich vermeide schon seit längerem den Blickkontakt mit meinen vielen Teebeutelpackungen. Ich spüre auch so, wie sie mich enttäuscht und vorwurfsvoll anstarren:

«Warum? Warum sind wir hier? Seit Jahren. Warum hast du uns gekauft? Hat dies alles irgendeinen Sinn? Komm, brüh uns auf! Übergieß uns mit heißem Wasser. Damit das Elend hier endlich ein Ende hat. Verbrüh uns! Oh ja, verbrüh uns!»

Eine ehemalige Freundin hat sich von mir mal mit den Worten getrennt, ich hätte sowieso nur auf dem Weg gelegen, also quasi, eigentlich hätte sie ohnehin einen meiner Freunde gewollt. Da der aber noch besetzt war, habe sie die Zwischenzeit eben erst mal mit mir überbrückt. Ich sei quasi so was wie ein Wartesemester gewesen.

Na ja, da ich seinerzeit in Beziehungsfragen aber ohnehin eher die Haltung «Erst mal nehmen, was man kriegen kann!» hatte, fand ich das gar nicht so schlimm. Ich würd's genau so wieder machen.

Und deshalb habe ich auch keine Probleme, dieses Ferienhaus vollzumachen. So weiß ich doch wenigstens, dass die Ferien einen echten tieferen Sinn haben.

Natürlich ist so ein Mehrgenerationen-Urlaub nicht immer einfach. Zwar sind es in unserem Falle nur zwei

Generationen, also Eltern und Kinder, aber schon das kann manchmal zu unüberbrückbaren Interessenkonflikten führen. So wie am Morgen des dritten Urlaubstages. Alle Eltern sind müde, wollen im Haus bleiben, lesen und dösen und vielleicht sogar noch mal hier und da versehentlich ein bisschen wegschlafen. Alle Kinder wollen an den Strand. Streit liegt in der Luft.

Ich sage, es reiche doch, wenn *ein* Erwachsener mit den Kindern an den Strand gehe. Alle sind begeistert und jubeln. Die anderen Eltern bedanken sich, dass ich mich bereit erklärt habe, mit den Kindern an den Strand zu gehen.

Fühle mich missverstanden. Nein, nein, versuche ich zu erklären, welcher der vier Erwachsenen an den Strand gehe, müsse noch entschieden werden, man könne ja losen.

Julia guckt genervt. Sie macht vier Zettel, schreibt auf jeden der vier Zettel einen Namen, faltet sie, legt sie in eine leere Schale, hält mir diese dann hin und sagt:

«Gott, ich weiß zwar nicht, welchen Sinn dieses Losen haben soll, aber wenn du dich dann besser fühlst ...»

Ziehe ein Los. Mist, mein Name. Beklage mein Pech. Na ja, meint Julia, das sei schon Pech, zum Teil liege es aber sicher auch daran, dass sie auf alle vier Zettel meinen Namen geschrieben habe.

Rund anderthalb Stunden später sitze ich mit den vier Kindern am Strand. Das heißt, ich sitze; die Kinder sind sofort ins Wasser gestürmt. Es ist sehr heiß. Ich würde auch gern ins Wasser, aber einer muss ja auf die Wertsachen aufpassen. Alle lachen, planschen und haben Spaß. Nur ich sitze wieder da, muss auf die Wertsachen aufpassen und schwitze. Tolle Wurst.

Es dauert eine Weile, dann habe ich endlich eine Art Idee und setze sie auch direkt in die Tat um. Packe mein Portemonnaie, das Handy und die restlichen Wertsachen in eine Plastiktüte und verschließe sie ganz, ganz fest, quasi luftdicht. Grabe dann mit der Strandplastikschaufel ein etwa fünfzig Zentimeter tiefes Loch, lege den Beutel dahinein, schütte alles wieder zu und breite das große Handtuch drüber. So, das sollte als Tresor eigentlich reichen. Jetzt kann ich endlich auch ins Wasser. Bin stolz auf meinen Einfall. Wieder mal ein schönes Beispiel für Lebensqualität durch Intelligenz.

Das Wasser ist viel zu kalt. Stelle fest, das Konzept Ostsee hat durchaus auch Schwächen. Am Strand zu heiß, im Wasser zu kalt. Im Restaurant würde man sich beschweren. Und versalzen ist sie auch, aber hallo! Wer immer die Ostsee zubereitet hat, muss total verliebt gewesen sein. Hätte jetzt gerne ein Eis, um mich von innen an die Wassertemperatur anzunähern, aber das Geld ist ja vergraben. Die Kinder müssen auf Toilette, das kostet fünfzig Cent. Verdammt. Erlaube ihnen, unauffällig in die Ostsee zu pinkeln, dann wird die vielleicht auch ein bisschen wärmer.

Beiße dann die Zähne zusammen und gehe endlich richtig weit raus ins Wasser. Stürze, falle hin, schüttele mich und muss dann zugeben, es ist großartig. Einfach ganz, ganz großartig. Was immer man dafür tun musste. Für diesen Moment, für das in das Meer Springen hat sich immer alles gelohnt. Es gibt kaum ein größeres und verlässlicheres Glücksgefühl. Vergesse alles um mich herum.

Ich weiß nicht, wie viel Zeit vergangen ist, als ich endlich wieder zurück an den Strand kehre. Viel Zeit wahrscheinlich, und vermutlich bin ich auch ziemlich weit nach links abgedriftet, also zumindest, wenn man sich an unserem Lagerplatz mit den Handtüchern orientiert.

Die Kinder liegen da und spielen «Ich sehe was, was du nicht siehst». Sie teilen mir mit, dass sie mit den Handtüchern und allem gute fünfzig Meter nach rechts gezogen sind, weil es hier mehr farbige Sachen zum Sehen und Spielen gibt. Ich starre sie an.

Wo denn das Problem sei, fragen sie, der Strand sei doch überall praktisch vollkommen gleich. Sage, genau das ist das Problem.

Gehe den Strand runter und suche nach der Stelle, wo ich die Wertsachen vergraben habe. Es ist aussichtslos. Aber dann sehe ich eine junge Frau, die sich auf ihrem Handtuch bräunt, und ich bin mir mit einem Mal ziemlich sicher. Ich fürchte sie liegt genau auf unseren Wertsachen.

Na ja, hilft ja nichts. Gehe zu ihr und frage:

«Entschuldigung, aber dürfte ich einmal kurz unter Ihnen graben?»

Sie schaut mich an, als hätte ich gefragt, ob ich mir mit ihren Nagellack die Glatze streichen dürfe. Aber nein, das stimmt so nicht, sie schaut noch viel, viel irritierter, also eigentlich schaut sie genau so, als hätte ich gefragt, ob ich unter ihr graben darf.

Erkläre ihr alles. Sie lacht, richtig herzlich mir zugewandt lacht sie. Dann graben wir zusammen und haben dabei gehörigen Spaß. Wäre ich noch auf dem Markt, denke ich, dann wäre genau das die Methode, jemanden kennenzulernen.

Die Kinder haben mittlerweile auch alle anderen Kinder am Strand informiert und dazu gebracht, nach meinem Tresor zu suchen. Der ganze Strand besteht aus Löcher grabenden Kindern, sogar die Eltern machen teilweise mit. Die Strandaufsicht kommt, fragt, was los ist. Nachdem ich alles erklärt habe, machen sie eine Durchsage. Jetzt kommen auch von der Promenade und anderswoher unzählige Menschen, die mal den Idioten sehen wollen, der sein Wertsachenloch nicht wiederfindet. Alle graben, aber es ist sinnlos, wir finden den Tresor einfach nicht.

Julian, der elfjährige Sohn unserer Freunde, nimmt mich zur Seite, weil er mir etwas Dringendes sagen will. Er druckst herum. Na ja, eigentlich sei ihnen schon beim Umziehen der Strandsachen das frisch gegrabene Loch aufgefallen, da hätten sie die Wertsachen gleich ausgegraben und mitgenommen. Und als ich dann so erschrocken war, hätten sie sich total gefreut, dass ihr Scherz so gut funktioniert, weshalb sie erst mal nichts gesagt hätten. Und dann ging das Graben los, und das sei ja auch erst mal sehr schön gewesen, sodass sie die gute Stimmung auch nicht hätten kaputt machen wollen. Aber jetzt sei die Sache doch vielleicht ein wenig aus dem Ruder gelaufen.

Denke, das trifft sich sehr gut, dass wir nun alle gute Gründe haben, erst mal niemandem von dieser Geschichte zu erzählen.

Wir beschließen, unauffällig unseren Kram zusammenzusuchen und die nächsten Tage vielleicht lieber an den etwas abgelegenen Weststrand zu gehen.

Als wir heimkommen, sind die anderen schon im Aufbruch: Am Strand solle richtig was los sein, rufen sie. Irgendeine Goldgräberaktion oder so was, vielleicht finden sie ja den Schatz. Wünsche ihnen viel Glück und bin alles in allem doch sehr zufrieden mit unserem Tag am Meer. Eigentlich ist ja doch alles gut gegangen, nur die Tüte war wohl doch nicht ganz so luftdicht oder vielmehr sanddicht wie erwartet, aber wie man ein Handy entsandet, wäscht, trocknet, es dann wieder absolut fachmännisch zusammenbaut und wie man später dem Handyhersteller zu erklären versucht, das Handy sei absolut von alleine kaputtgegangen, das ist noch mal eine ganz andere Geschichte.

Das Haus hat jedenfalls während des Urlaubs einen sehr zufriedenen und extrem bewohnten Eindruck gemacht. Insofern hat es sich schon wirklich gelohnt.

Rita Falk

URLAUB MIT ...

... Dick und Doof

Gleich wie ich aus dem Streifenwagen steig und in die Metzgerei reinkomm, ist ein Remmidemmi da drinnen, das kann man kaum glauben. Die Oma ist da und der Heizungspfuscher Flötzinger und das Metzgerpaar Simmerl selbstverständlich auch. Alle sind ganz aufgeregt und reden mit Händen und Füßen und wild durcheinander.

«Habe die Ehre, Dorfgendarm», sagt der Simmerl, während er ein Messer wetzt.

«Ah, gut, dass du kommst, Bub. Ich hab nämlich was gewonnen», schreit die Oma, wie sie mich sieht, und wedelt ziemlich siegessicher mit einem Prospekt. «Stell dir vor, einen Kurzurlaub hab ich gewonnen. Und sogar einen für zwei Personen. Bei einem Kreuzworträtsel. *Kürbiskernsuppe* war das Lösungswort. Was sagst dazu, Franz?»

21

«Kürbiskernsuppe, soso», sag ich und schau erst mal rein orientierungsbedingt in die heiße Vitrine.

«Hast du das gehört, Franz? Einen Urlaub hat sie gewonnen, einen für zwei Personen», sagt der Flötzinger relativ aufgeregt.

«Ja, das ist doch wunderbar. Machst mir zwei schöne Fleischpflanzerlsemmeln, Gisela», sag ich.

«Ist schon recht, Eberhofer», antwortet sie und schreitet zur Tat.

«Und, wo soll's hingehen?», frag ich, ohne die Gisela dabei aus den Augen zu lassen.

«Nach Österreich», sagen der Simmerl und der Flötzinger direkt gleichzeitig.

«Nach Österreich, ja, da schau her! Das wird ihr gefallen, der Oma», sag ich und beiß voll Inbrunst in meine Semmel.

«Wird es nicht», sagt der Flötzinger und sucht einen zustimmenden Blick aus dem näheren Umfeld. «Weil sie nämlich gar nicht hinwill.»

«Will sie nicht?», frag ich.

«Nein!», sagt der Flötzinger.

«Und warum nicht, wenn ich fragen darf?»

«Weil sie weder zum Törggelen mag noch zum Rafting. Ist aber beides im Programm. Und außerdem gibt's noch ein Livekonzert, Open Air, verstehst. Davon hat sie aber auch relativ wenig, weil sie ja taub ist.»

Dem Flötzinger seine Informationen schmettern wie Maschinengewehrsalven durch die Metzgerei.

«Du willst da also nicht hin?», frag ich die Oma.

«Nein, will sie nicht», sagt der Flötzinger.

Ich verdreh die Augen in alle Richtungen.

«Nein, Bub. Das ist doch ein Schmarrn. Warum soll ich mit einem depperten Schlauchboot enge Wasserschluchten hinunterdonnern? Das ist doch was für junge Leut und nix für so eine alte Schachtel. Für euch zum Beispiel. Nimmst halt einen von deinen Spezln mit. Vielleicht den Flötzinger. Oder den Simmerl von mir aus.»

«Der Simmerl bleibt da!», unterbricht sie die Gisela.

«Und dann macht's euch ein schönes Wochenende, gell. Schau, dir tut das doch auch gut. Dann kannst einmal ein bisserl ausspannen und deinen ganzen Stress von der schweren Polizeiarbeit vergessen», sagt die Oma weiter und schlenzt mir die Wange. Wo sie recht hat, hat sie recht.

«Ein Wahnsinnswunderwochenende!», sagt der Flötzinger ganz versonnen.

«Aha. Und wann soll's losgehen?», frag ich nach.

«Wie viel bin ich schuldig?», will sie vom Simmerl wissen, der ihr eine Tüte übern Tresen reicht.

«Lass gut sein, Lenerl», sagt er gönnerhaft und zwinkert mit den Augen.

«Den Simmerl, den nimmt er definitiv nicht mit, dass das klar ist!», mischt sich dann die Gisela wieder ein. «Weil der Simmerl nämlich nächstes Wochenende endlich mal wieder sein Scheißschlachthaus weißelt. Und zwar picobello. Das hat er mir versprochen.»

«Hehehe!», knurrt sie der Gatte jetzt an.

23

«Ja, versprochen ist versprochen», sagt der Flötzinger und erntet gleich tödliche Blicke von direkt hinterm Tresen.

Die Oma wirft einen Blick in die Runde, zuckt mit den Schultern und geht.

Ich schau mir den Prospekt mal näher an. Hochglanz, farbig. Sehr schön. Lauter junge, dynamische, fröhliche Menschen. Am Tisch, im Boot, in der Sauna, im Pool und natürlich auch auf der Tanzfläche. Die meisten davon sogar echt fesche Weiber. Das kommt gut. Gar keine Frage. Und auch der Text: *Wir gratulieren Ihnen zu einem unvergesslichen Wochenende. Dort, wo Österreich am schönsten ist!*

«Ja», sag ich. «Das klingt gut. Da fahren wir hin!»

Dann beginnt ein Gekeife, so was hab ich noch niemals erlebt. Weil der Flötzinger und der Simmerl jetzt drüber streiten, wer mich begleiten darf, und die Gisela ständig plärrt, dass der Simmerl hier bleibt und aus! Weil mir das bald zu blöd wird, leg ich mein Geld auf den Tresen und geh.

In den Tagen vor unserem wunderbaren Kurzurlaub bekomm ich Anrufe der abartigsten Sorte. Der Simmerl bedroht mich mit Leberkäsentzug auf Lebenszeit, wenn ich ihn nicht mitnehm. Und der Flötzinger mit Selbstmord, weil er seine Familie beim besten Willen nicht länger ertragen kann und dringend eine Auszeit braucht. Und die Gisela sagt, wenn ich ihren Gatten mitnehm, dann fährt sie mit meiner Susi nach Italien. Und zwar mindestens vier Wochen lang. Aber mir persönlich ist das alles vollkommen wurst, ich fahr jedenfalls am Freitag um fünf. Und fertig.

Wie ich am Freitag von der Arbeit heimkomm, hockt der Flötzinger bereits auf einem Koffer im Hof. Kaum dass er mich sieht, hopst er auch schon wie ein Kleinkind durch den Kies auf mich zu.

«Was ist mit dem Simmerl?», frag ich gleich beim Aussteigen.

«Es können doch eh nur zwei, und außerdem hast du es doch selber gehört, Franz, dass er nicht darf. Seine Gisela, die lässt ihn doch nicht weg, jede Wette. Niemals im Leben», sagt der Flötzinger und hievt sein Gepäck in den Kofferraum. Ich hol dann auch meine Sachen. Es ist Viertel nach fünf, wie wir uns auf den Weg machen. Die Sonne scheint, AC/DC dröhnt aus den Boxen und alles ist wunderbar. Kurz nach der Ortsausfahrt von Niederkaltenkirchen drück ich aufs Gaspedal und tret durch. Schließlich will man ja keine Sekunde versäumen von so einem Gratiswahnsinnswunderwochenende, gell.

Aber genau das wär uns ein paar Augenblicke später beinah zum Verhängnis geworden. Urplötzlich wächst nämlich mitten aus der Bundesstraße ein Berg. Ich tret die Bremse durch, dass alles nur so quietscht, und komm gut eine Handbreit vor dem Berg zum Stehen. Der Flötzinger knallt an die Frontscheibe.

«Ja sag einmal, spinnst du?», brüllt er mich an und hält sich das Hirn.

Ich starre durchs Fenster. Es ist kein Berg, sondern ein unheimlich dicker Mann mit Sonnenbrille und Kappe, der jetzt zurückstarrt und mir irgendwie bekannt vorkommt.

Er bewegt sich auf uns zu, so schnell, wie sein Umfang es erlaubt. Dabei macht es den Eindruck, als bekäm er seine Haxen nicht recht auseinander. Schließlich reißt er die Hintertür auf, quetscht sich ins Wageninnere und legt sich ganz flach auf die Rückbank.

«Was kann ich für Sie tun?», frag ich, weil mir nix Besseres einfällt, und dreh mich ganz langsam zu ihm um. Dumm, dass ich die Dienstwaffe zu Hause liegen hab lassen.

«Fahr los!», brummt der Typ aus dem Hinterhalt raus, und auch die Stimme kommt mir irgendwie bekannt vor.

«Mensch, Simmerl! Was machst du denn hier?», fragt der Flötzinger jetzt und lüftet damit das Geheimnis um den sonderbaren Neuzugang.

«Fahr los!», brüllt der Simmerl erneut, und ich tu, wie mir geheißen. Dann beginnt er zu erzählen. Von den letzten Tagen. Und von seiner Gisela. Mit welcher Raffinesse sie versucht hat, ihm dieses Wochenende zu vergeigen. So hätte sie wohl alle Koffer versteckt und auch seinen Pass. Hätte seine gute Garderobe komplett in die Reinigung gebracht und sogar den Wagen zur Inspektion angemeldet. Dieses Miststück, sagt er. Aber weil er ja auch kein Depp ist, weiß er natürlich, dass er weder einen Pass noch einen Wagen braucht für einen Trip nach Tirol. Und so hat er sich einfach eine Sonnenbrille gekauft und ein paar neue Klamotten, hat alle übereinander angezogen und ist damit schnurgerade an der Metzgerei vorbeigelatscht in Richtung Bundesstraße. Und jetzt hockt er auf meiner Rückbank und grinst, der Sauhund.

«Und wo willst du jetzt schlafen? Der Gutschein ist doch nur für zwei Personen», sagt der Flötzinger brummig.

«Ja, wir nehmen halt ein Einzelzimmer dazu und teilen durch drei. Wo ist das Problem?», sagt der Simmerl, während er den dritten von vier Pullis ablegt.

Der Flötzinger dreht die Musik wieder lauter. T. N. T., singt der Brian. Und wir drei singen mit.

Rossbachhof steht auf dem Schild vom Hotel, genau über der großartigen Terrasse. Wir hieven das Gepäck aus dem Wagen, blinzeln kurz in die herrliche Sonne und begeben uns dann zum Empfang. Na gut, so ein kurzer Blick rein ins Panorama ist davor schon noch erlaubt. Diese wunderbaren Berge. Und die wunderbaren Wiesen mit den wunderbaren Kühen. Und der wunderbare Rossbach. Und die wunderbaren Mädels, die dort um den großen Tisch hocken und ratschen und lachen. Mit Trägertops und ganz engen Jeans. Ja, die Aussichten sind wirklich fabelhaft hier. Aber dann gehen wir auch schon rein. Eine dralle Brünette auf dem Lebenszenit und im Dirndl begrüßt uns recht freundlich.

«Servus, miteinander, ich bin die Mizzi», sagt sie, und dann beäugt sie unseren Gutschein.

«Ah, Gratulation, ihr habt's das Kreuzworträtsel geknackt und den Aufenthalt hier gewonnen!», lacht sie.

«Die Oma hat das Rätsel geknackt», sag ich.

«*Kürbiskernsuppe* war das Lösungswort, ja, da muss man erst einmal draufkommen, gell», sagt sie weiter und blättert in ihrem Empfangsbuch. «Zimmer achtzehn, Doppelzimmer mit Balkon.» Sie dreht sich um und schnappt einen Schlüssel vom Haken.

«Wir sind zu dritt», sag ich zu ihr. Sie schaut sich um, zwischen dem Simmerl und mir hin und her und zuckt mit den Schultern. Jetzt erst fällt mir auf, dass der Flötzinger fehlt. Ich geh zurück nach draußen, und da steht er vor der Tür und genießt noch immer den wunderbaren Ausblick direkt auf den Weibertisch.

«Flötzinger», ruf ich und wink ihn herbei. Er kommt ganz langsam auf mich zu und hat diesen wirren Blick intus, den er immer hat, wenn irgendwo knackiges Weibsvolk lauert.

«Wir sind zu dritt», wiederhol ich beim erneuten Eintreffen am Empfangstresen. Die Mizzi schaut hinter mich genau auf den Flötzinger und runzelt die Stirn. Irgendwie scheint sie nicht zu kapieren.

«Wir brauchen noch ein Einzelzimmer dazu», helf ich ihr auf die Sprünge. Der Simmerl kratzt sich am Bauch, der Flötzinger starrt versonnen durchs Fenster und das Dirndl ins Buch.

«Das tut mir leid», sagt sie und schüttelt den Kopf. «Wir haben kein freies Einzelzimmer mehr.»

Na bravo.

«Doppelzimmer?»

«Weder noch. Wir sind voll bis unters Dach.»

Der Flötzinger findet den Weg zurück in die Erdumlaufbahn.

«Na, Sie werden doch wohl irgendwo ein freies Plätzchen haben hier für unsern Dicken da», sagt er und setzt sein verführerischstes Lächeln auf. Oder zieht er eine Grimasse? So genau lässt sich das nicht einordnen.

«Bedaure», sagt die Mizzi leise und seufzt. Der Flötzinger sendet vorwurfsvolle Blicke in Richtung Simmerl.

«Geben Sie uns einfach den Schlüssel, wir kommen schon klar», sagt der Simmerl jetzt.

«Wie ihr meint. Da ist eh ein Diwan drin in euerm Zimmer, vielleicht haut sich da einer drauf.» Dann rückt sie den Schlüssel raus. «Die Mehrkosten müsst ihr aber schon übernehmen. Auch für das ganze Sonderprogramm, Rafting und so. Der Gutschein gilt ja nur für zwei.»

«Jaja», sag ich und schnapp mein Gepäck.

«Zweihundertneunundneunzig macht das.»

«Das passt, kann man prima durch drei teilen», sagt der Simmerl auf dem Weg zum Aufzug.

«Kann man nicht», sagt der Flötzinger.

«Apropos Rafting», ruft sie noch hinter uns her. «Der Toni, der kommt morgen um acht. Das ist ein staatlich geprüfter Bootsführer. Er macht eine kurze Einweisung mit euch. Und um neune geht's dann los!»

Der Diwan im Zimmer hat circa die Größe von einem Handtuch. Von einem Gästehandtuch, genau genommen. Der Simmerl sagt, er weigert sich, darauf zu schlafen, was eh lächerlich ist, denn da hätt grad mal eine seiner Arschbacken Platz. Der Flötzinger haut sich gleich fett auf eine der Doppelbetthälften und lässt einen ziehen. Damit hat er sein Revier markiert und keiner will's ihm mehr abspenstig machen. Ich geh mal raus auf den Balkon. Auf dem

Nebenbalkon ist ein goldbrauner Typ in Badehosen, und er macht mit seinem Adoniskörper Bewegungen, die mir schon beim Zuschauen den Schweiß auf die Stirn treiben.

«Man muss sich fit halten. Gesundheit ist das Wichtigste», ruft er zu mir rüber und fächert mit den Armen.

Ich lächle artig und nicke.

«Von nix kommt nix, sag ich immer», ruft er weiter und trommelt wie Tarzan auf seine Brust. Er nervt. Und ich wünsch ihm alles Mögliche. Und das bringt mich auf eine Idee. Also zieh ich mein Telefon aus der Hosentasche und täusche einen Anruf vor.

«Aha. Sind Sie sicher?», sag ich in den Hörer. «Verdacht auf Salmonellen, unglaublich… nein, nein, von mir erfährt keiner was, solange der Verdacht nicht bestätigt ist… Genau. Aber ich werde sicherheitshalber dann doch lieber abreisen.»

Dann dreh ich mich ab und winke dem Goldfasan vis-à-vis noch kurz rüber. Er steht stumm da, wischt sich mit dem Handtuch übers Gesicht und verschwindet schnell im Zimmer.

Unser Kellner schaut aus wie der Hansi Hinterseer. Zu unserem Glück singt er nicht. Dafür singt das Nockalm Quintett umso lauter. Open Air quasi. Was keinesfalls besser ist.

Das Gröstl aber ist Spitzenklasse und der Wein keinen Deut schlechter, vom Apfelstrudel ganz zu schweigen. Der Weibertisch ist auch anwesend, aber mehr auf das jodelnde Fünferpack fixiert, wie man an den Schmachtblicken ganz klar ausmachen kann. Die Dralle von vorher kommt zu uns an den Tisch, setzt sich neben den Simmerl und schmeißt eine Runde Himbeergeist. Und zwar direkt von den Himbeeren aus ihrem eigenen Garten. Selbstgebrannter, sagt sie. Außerdem sagt sie noch, es wäre überraschend ein Gast abgereist und somit ein Zimmer frei. Gleich nebenan. Das könnten wir haben. Dann geht sie an den Weibertisch.

«Die Jungs da drüben sind mit einem Gutschein hier», erzählt sie ihnen. «Weil sie ein Kreuzworträtsel geknackt haben. *Kürbiskernsuppe* war das Lösungswort.»

Damit dürfte sie bei den Mädels jeglichen Hauch von Interesse an uns ins Nirwana geschickt haben.

Um Punkt acht in der Früh kommt der Toni und auch der schaut aus wie der Hansi Hinterseer und er redet auch so. Er strahlt übers ganze Gesicht und schwärmt von den Erfahrungen, die er seit Jahren mit dem Raften gemacht hat. Weil halt überhaupt jeder einzelne Muskel im Körper und jede einzelne Gehirnzelle dabei beansprucht wird. Und überhaupt Teamgeist und Vertrauen und pipapo. Dann zeigt er uns die Neoprenanzüge und auch die Helme. Wir sollen uns jetzt umziehen. Und in zehn Minuten würd es dann auch schon losgehen.

Um halb zehn wälzt sich der Simmerl noch immer auf der Erde, und wir versuchen zu dritt den Reißverschluss von seinem Anzug zu schließen. Wie er da so am Boden liegt, der Simmerl, in diesem schwarzglänzenden hautengen Teil und mit dem grünen Helm, da erinnert er mich irgendwie an eine Aubergine. Ja, genauso schaut er grad aus, wie eine Riesenaubergine. Und dann, wie der Anzug endlich hinten zu ist, macht's vorne einen Knall und das Teil ist von oben bis unten aufgerissen. Jetzt wird er aber sauer, der Toni. Dem Simmerl ist das peinlich, das sieht man. Erst recht, wie er merkt, dass ausgerechnet die Weiberrunde von gestern drüben am Schlauchboot steht. Ebenfalls neoprenverpackt und offensichtlich schon länger auf die Abfahrt wartend. Also beschließt der Toni ein bisschen genervt, in diesem einen speziellen Ausnahmefall auf die Anzugpflicht zu verzichten. Eine Schwimmweste tut's auch, sagt er, und die hat er Gott sei Dank etwas größer. Dann schnappen sich alle ein Paddel und endlich geht's los.

Wir sind zu zehnt, wenn man den Toni mal mitzählt. Der hockt als staatlich geprüfter Bootsführer natürlich hinten und ruft ständig irgendwelche Anweisungen nach vorne. Anfangs geht's recht gemächlich zur Sache und ich frag mich, wozu der ganze Humbug mit Neopren und Helm und Weste. Wie aber der Flötzinger plötzlich von hinten direkt an mir vorbei ins Wasser knallt, ist es mir dann schon ziemlich klar. Sekunden später knallen alle anderen ebenso ins Wasser. Alle außer dem Simmerl. Der hockt wie einbetoniert in diesem Schlauchboot und grinst runter ins Wasser. Einen Moment jedenfalls. Dann kentert das Boot und mit ihm der Simmerl. Der Toni brüllt wieder Anweisungen durch die Gegend, und nach und nach und unter enormen Kraftaufwendungen schaffen's dann alle wieder ins Schlauchboot.

Danach wird's richtig brisant. Weil nämlich jetzt erst der höchste Schwierigkeitsgrad der ganzen Tour kommt, brüllt der Toni. Und wir sollen uns auf einiges gefasst machen. Also machen wir uns auf einiges gefasst. Was aber eh wurst ist, weil auch wenn wir uns nicht gefasst gemacht hätten, würden wir jetzt gegen Felsvorsprünge knallen, durch die Luft segeln, literweise Wasser schlucken und irgendwie versuchen, das Gleichgewicht nicht zu verlieren. Dabei muss der Flötzinger kotzen. Wahrscheinlich ist ihm schlecht. Irgendwie hab ich mir schon gestern gedacht, dass es ein Schmarrn ist, gleich siebzehn von diesen Himbeergeist hinunterzuschütten. Die Mädels wirken leicht angewidert. Und der Toni, der brüllt den Flötzinger an, so was hab ich noch niemals erlebt. Mitten im Gebrülle knallt das Boot an eine Steilwand und wir kentern schon wieder. Wenigstens ist das Gekotzte jetzt weg. Wieder zurück im Boot, sehen wir den Simmerl am Ufer stehen. Er winkt und ruft, dass er keine Lust mehr hat auf das ganze Rafting und dass er lieber zu Fuß zurückgeht. Wahrscheinlich ist es ihm unangenehm, dass wir ihn immer ins Boot hieven mussten.

Irgendwie bin ich aber letztendlich auch ziemlich froh, wie die Fahrt vorüber ist. Besonders, weil am Landungssteg eine Biergarnitur aufgebaut steht. Und nachdem wir Neopren wieder gegen unsere eigenen Sachen getauscht haben, hocken wir uns dort nieder und es gibt eine großartige Brotzeit und ein erstklassiges Bier. Das ist zünftig. Der Toni lässt ein paar Raftinggeschichten vom Stapel und die

Mädels kichern und hängen ihm an den Lippen und sind einfach unglaublich albern. Zwei Stunden später hat sich der Toni dann endlich für eine von ihnen entschieden und Hand in Hand verlassen sie die Runde. Das ist prima. So bleiben die restlichen fünf für uns übrig. Und jetzt legt sich der Flötzinger ins Zeug. Er erzählt von seinem aufregenden Leben als Gas-Wasser-und-Heizungspfuscher und versucht allen Ernstes damit Eindruck zu schinden. Aber nur kurz. Dann erreicht ein weiteres Schlauchboot den Steg und aussteigen tut das Nockalm Quintett. Unsere fünf Grazien beginnen zu kreischen und flitzen mit erhobenen Armen der alternden österreichischen Boygroup entgegen. Der Flötzinger starrt hinterher. Und ich nehm erst mal einen großen Schluck Bier. Augenblicke später erscheint dann der Simmerl. Er ist barfuß und weint und in jeder Hand hält er einen seiner Neoprenschuhe. Er sagt, er wär jetzt drei Stunden lang durch diesen furchtbaren Wald geirrt und das Plastik von diesen Scheißschuhen hat sich direkt in seine Fußsohlen gefressen. Wir schauen uns seine Füße an. Die sehen gar nicht gut aus. Frag nicht.

Hinterher, wie der Notarzt endlich weg ist, hockt der Simmerl mit zwei bandagierten Haxen auf der wunderbaren Terrasse und trinkt einen Rotwein. Die Mizzi sitzt daneben und schneidet ihm Speck in mundgerechte Happen. Ich frag mich, wozu. An seinen Händen fehlt ihm doch nix.

Der Flötzinger und ich, wir gehen ein paar Schritte bergauf. Die Luft hier ist herrlich. Weiter oben auf einer Alm hauen wir uns in die Wiese und schauen ins Tal. Die Kühe hinterm Weidzaun beobachten uns. Sie kauen gemächlich und vertreiben fortwährend Fliegen mit ihrem Schwanz.

«Die Kuhglocken sind wunderbar», sagt der Flötzinger.

Ich nicke.

«Morgen geht's schon wieder zurück», sagt er weiter.

«So ist das Leben», sag ich.

«Vielleicht gewinnt sie ja wieder mal was, deine Oma? So ein Wahnsinnswunderwochenende.»

«Wer weiß.»

«Du, Franz, schau mal, das Weibsbild, das dort unten wie wild auf den Simmerl eindrischt, ist das nicht die Gisela?»

Markus Barth
URLAUB MIT ...

... wilden Tieren

Als Großstadtbewohner hat man ja nicht so oft Kontakt zu wilden Tieren. Karnickel im Park, Ziegen im Streichelzoo, Fruchtfliegen überm Lidl-Obst – das war's dann schon mit der belebten Umwelt des gemeinen Städters.

Wenn man in Köln lebt, kommen vielleicht noch die als Kuh verkleideten Sportstudenten dazu, die sich am Rosenmontag bei wehrlosen Passanten unterhaken, «Husefackisälliss» grölen und sich dann in einen Hauseingang übergeben. Das hat sicher etwas Animalisches, aber ein ergreifendes Naturerlebnis stelle ich mir irgendwie anders vor.

Wie sehr wir Stadtmenschen uns von der Tierwelt entfremdet haben, wurde mir kürzlich wieder bewusst, als ich in einer Kneipe geschlagene zwei Stunden mit einem

Freund darüber diskutierte, ob das Reh denn nun die Frau vom Hirsch ist oder nicht. (Ich: «Aber WENN es so wäre – wer oder was ist denn dann die Hirschkuh?» Er, schulterzuckend: «Vermutlich die Schwiegermutter.» Es war, aus intellektueller Sicht, sicher nicht unser bester Abend.)

Umso wichtiger ist mir persönlich, im Urlaub Kontakt zu Tieren zu bekommen. Ich bin geradezu besessen von fremdländischen Lebewesen. Ein Urlaub, in dem ich nicht mindestens fünf fremde Tierarten streicheln, zehn weitere fotografieren und die ein oder andere vielleicht auch essen kann, ist für mich ein Totalausfall. Es ist jedes Mal dasselbe: Ich steige aus dem Flieger, sehe einen roten, grünen oder blauen Vogel und erstarre vor Ehrfurcht. Sofort bin ich überzeugt, dass dieser rote, grüne oder blaue Vogel das edelste und seltenste Tier ist, das die Fauna meines Urlaubslandes zu bieten hat, zücke meine Kamera und knipse mindestens drei SD-Karten voll. Irgendwann merke ich dann, dass dieser rote, grüne oder blaue Vogel in Sachen Seltenheit und Crazyness in etwa dem deutschen Haussperling entspricht. Und während immer mehr dieser Vögel auf meinem Hotelbalkon landen, schaffe ich kleinlaut wieder Platz auf meinen SD-Karten.

Fünf Minuten später sehe ich dann einen roten, grünen oder blauen Käfer, und das Spiel beginnt von vorne.

Ich bin auch regelmäßig überrascht, wenn andere Menschen diese Leidenschaft nicht teilen. Allen voran meine Nachbarin, der ich vor dem Urlaub immer den Wohnungsschlüssel vorbeibringe. Glaubt man Frau Reichardt, so haben Tiere in Urlaubsländern nur ein einziges Ziel: die vollständige Ausrottung der Menschheit.

Kaum klingle ich an ihrer Tür und erzähle ihr, dass mein Freund und ich in den Urlaub fahren und uns diesmal das Land XY ausgesucht haben, verzieht sie das Gesicht, greift sich ans Herz, saugt zischend Luft ein, wiederholt dann stöhnend den Namen des Landes und scheint sich innerlich für immer von Stefan und mir zu verabschieden. Dann blickt sie sinister, packt meinen Arm und raunt so etwas wie: «Passt mir ja auf die Tüpfelhyänen auf!» Oder auch: «Markus, du weißt: Krokodilen immer mit der flachen Hand auf die Nase schlagen!» Was man halt so lernt in Tier-Dokus auf RTL2. Oder was sie sich noch behalten hat von den Schauermärchen, die Eltern ihren Kindern früher erzählten, damit sie freiwillig vor Einbruch der Dunkelheit nach Hause kommen. Ich erinnere mich an einen Kroatienurlaub, vor dem sie mit einem besonders erschütterten Gesichtsausdruck meine Hand nahm und mit zitternder Stimme jammerte: «Kroatien! Markus, da gibt es Fledermäuse! Die krallen sich in deinen Haaren fest und lassen sie nie wieder los!» Ich runzelte die Stirn und fragte: «Frau Reichardt, haben Sie mir oder Stefan in den letzten fünf Jahren unserer Nachbarschaft mal auf den Kopf geguckt?» Sie warf einen Blick auf meine kurz rasierte

Fast-Glatze, schlug die Hand vor den Mund und flüsterte erstickt: «Oh Gott, dann geht's ja direkt in die Kopfhaut!»

Schier ausgeflippt ist sie allerdings beim Thema Australien. Ich selbst hielt den Kontinent für ein freundlich-harmloses Urlaubsziel. Blacky Fuchsberger fliegt da schließlich regelmäßig hin, außerdem hatte ich Bilder im Kopf von edlen Wilden, die am Uluru runzlige Traumschiff-Darsteller begrüßen – so schlimm konnte es also alles nicht sein. Fiese Tiere gab es meiner Ansicht nach nur im Dschungelcamp. Frau Reichardt sah das anders. Für sie bestand die Tierwelt Australiens nicht aus Kängurus, Wombats und Koalas, sondern aus Haien, Würfelquallen und Rotrückenspinnen.

Als der Abflug näher rückte, nahm sie mich ein letztes Mal ins Gebet:

«Markus, versprich mir, dass ihr euch an folgende Regeln haltet: Hebt nicht jeden Stock vom Boden auf!»

«Aha», sagte ich. «Und zwar weil…?»

«Weil es natürlich eine Schlange sein könnte!», rief sie, mit weit aufgerissenen Augen.

Ich wusste zunächst gar nicht, was ich antworten sollte. Irgendwann fragte ich dann vorsichtig: «Frau Reichardt, warum sollte ich denn überhaupt Stöcke aufheben?»

«Na, das macht man doch oft! Aber in Australien ist das anders! Da denkt man, man hebt einen Stock auf, und zack, hat man einen Taipan in der Hand.»

«Frau Reichardt, ich bin 35. Ich hebe keine Stöcke auf. Ich

bin zu alt, um mir was draus zu schnitzen, und zu jung für
'ne Gehhilfe!»

«Dann ist ja gut», sagte sie. «Dasselbe gilt aber auch für
Steine.»

«Steine können auch Schlangen sein?»

Ungeduldig schüttelte sie den Kopf: «Unter Steinen sitzen Skorpione! Hebt bloß keine Steine auf!»

«Okay, versprochen. Keine Stöcke, keine Steine.»

«Und bevor du morgens in deine Wanderschuhe steigst:
Immer erst ausschütteln. Da nisten sich schnell mal Spinnen ein.»

«Ja aber ... was ist denn, wenn ein Skorpion unterm
Schuh sitzt? Den schüttel ich mir ja dann ins Gesicht!?»

Frau Reichardts Unterlippe begann zu zittern, ihre
Augen füllten sich mit Tränen und sie krallte sich noch
fester in meinen Arm. Ich versprach also, meine Schuhe
immer nur von mir wegzuschütteln, und verabschiedete
mich schnell.

Und was soll ich sagen? Wir haben in vier Wochen Australien keinen Skorpion, keine Schlange und keine Spinne
gesehen. Stattdessen knipste ich jede Menge roter, grüner
und blauer Vögel.

Als wir dieses Jahr dann einen Kanada-Urlaub ins Auge
fassten, wollte ich mir gar nicht vorstellen, was Frau
Reichardt zu Grizzlys und Pumas zu sagen hätte, und
beschloss, mir den Vortrag zu ersparen. Ich gab den Schlüssel unseren anderen Nachbarn und zog Stefan und unsere

43

gepackten Koffer schnell an Frau Reichardts Wohnungstür vorbei.

Wenige Stunden später saßen wir im Flieger, und als ich gerade einschlafen wollte, sagte Stefan plötzlich: «Merk dir mal: Wenn ein Rentier auf der Straße steht: Nicht hupen.»

Ich schreckte auf: «Bitte?»

«Steht hier.» Stefan deutete auf das Buch, das er gerade las. «Wenn man hupt, kommen die anderen Rentiere auch noch aus dem Wald und gucken, was da los ist.»

«Was liest du denn da eigentlich?», fragte ich.

Stefan zeigte mir den Buchtitel: «Die Tierwelt Kanadas. Hat mir die Reichardt mitgegeben.»

Diese hinterhältige Kuh, dachte ich. Jetzt versucht sie schon meinen Freund gegen mich auszuspielen.

Ich wollte das Thema möglichst schnell abhaken und sagte nur: «Alles klar. Nicht hupen, ich merk's mir.»

Aber Stefan war noch nicht fertig: «Leider steht hier nicht, was man stattdessen machen soll.»

«Wie bitte?»

«Na ja, wenn man nicht hupen darf, was soll man denn sonst machen?»

«Vielleicht mit der flachen Hand auf die Nase schlagen?»

Stefan schaute mich an, als hätte ich ihn gebeten, das Kabinenfenster zu öffnen.

Ich versuchte es mit einem anderen Vorschlag: «Ja, oder man wartet halt einfach. Oder lässt den Motor mal aufheulen oder macht Lichthupe. Vielleicht gibt es ja auch Miet-

44

wagen mit Wasserwerfern. Weißte, dann könnte man die Rentiere einfach von der Straße schwemmen, wie damals die Stuttgart21-Demonstranten!»

Stefan vertiefte sich kommentarlos in sein Buch. Als ich gerade wieder wegnicken wollte, sagte er: «Und wir sollten uns so ein Glöckchen kaufen.»

«Ein was?»

«Ein Glöckchen fürs Hosenbein. Wegen der Bären.»

Ich verstand noch immer nicht.

Stefan erklärte: «Hier steht, wenn man sich Glöckchen an die Hosen macht, hören die Bären das und hauen ab.»

Ich musste lachen: «Und woher wissen die Bären das?»

Stefan zog fragend die Stirn in Falten.

«Na, woher wissen die, dass sie bei Glöckchengebimmel abhauen müssen? Die haben das Buch schließlich nicht gelesen», erklärte ich. «Vielleicht machen sie genau das Gegenteil! Vielleicht sind sie so neugierig wie die Rentiere und kommen extra aus dem Wald heraus, um zu gucken, wer da bimmelt! Oder sie rennen uns mit Kleingeld entgegen, weil sie glauben, der Eismann kommt!»

Stefan verdrehte die Augen.

Ich ruderte etwas zurück: «Reicht es nicht vielleicht, wenn wir uns einfach laut unterhalten oder was singen?»

«Was willst du denn singen?»

«Was weiß ich, irgendwas Lustiges von früher, aus'm Zeltlager ... ‹Negeraufstand ist in Kuba›, oder in der Art. Macht man doch so beim Wandern.»

«Genau», nickte Stefan, «zwei glatzköpfige Deutsche zie-

45

hen durch den kanadischen Wald und singen rassistische Lieder. Da stehen die Kanadier drauf.»

Diesmal hatte wohl ich unsere Frisuren vergessen.

«Ich kann auch ‹Meine Oma fährt im Hühnerstall Motorrad›», versuchte ich es kleinlaut.

Stefan schüttelte den Kopf: «Ich kauf mir ein Glöckchen.»

Um den Urlaubs-Frieden zu wahren, habe ich mir natürlich auch ein Glöckchen besorgt. Und sogar getragen. Zwei Wochen lang wanderten wir damit durch die Wälder und bimmelten wie die Weihnachtsschlitten. Tiere haben wir nicht gesehen. Keine Bären, keine Pumas, keine Rentiere. Nicht mal rote, grüne oder blaue Vögel. Denn sogar die haben wir gnadenlos weggebimmelt.

Das war er – mein persönlicher Urlaubs-Totalausfall.

Das heißt – er wäre es fast geworden. Denn nach unserer letzten Wanderung, als wir gerade im Auto saßen und nach Vancouver zurückfuhren, ist etwas passiert. Genau in dem Moment, als Stefan meinte, es wäre doch fast ein bisschen schade, dass wir so gar kein wildes Tier gesehen hätten. Und als ich überlegte, ob ich mein Hosenbeinglöckchen vielleicht Frau Reichardt an die Stirn tackern könnte. Genau da sahen wir ihn: den Bär. Unseren Bär. Er saß einfach so am Straßenrand und fischte Krümel aus einer weggeworfenen Chipstüte. Als hätte er auf uns gewartet. Es war ein Moment, der mir noch immer nur in Zeitlupe in Erinnerung ist: Stefans offener Mund, mein Finger an

46

der Fensterscheibe, der Bär, die Krümel. Ein Moment vollkommener Stille und Harmonie. Zumindest bis mir der entgegenkommende Truck mittels Hupe verdeutlichte, dass ich trotz aller Begeisterung doch besser auf meiner Seite bleiben sollte.

Als der Truck vorbei war, schaute ich noch mal in den Rückspiegel. Und ich schwöre: Der Bär schaute uns hinterher. Er guckte und hob sogar eine Tatze. Als wollte er uns etwas hinterherrufen. Vermutlich: «Entschuldigung ... habt ihr den Eismann gesehen?»

Martina Brandl
URLAUB MIT ...

... Alkohol

In einer Zeit, in der ich begann, meine Freunde danach zu sortieren, ob sie mir wichtig genug wären, dass ich zu ihrer Beerdigung ginge, beschloss ich, meinen Urlaub nicht in Spanien oder Skandinavien zu verbringen, sondern im Suff.

An einem wolkenlosen Tag im Juli parkte ich meinen mittelmeerblauen Kleinwagen auf dem weitläufigen Parkplatz des Getränkemarkts, klappte die Lehne der Rückbank um und kaufte drei Kästen Bier, etliche Flaschen Cremant, Prosecco und Champagner, fünf Liter Gin, diverse Fruchtsäfte, ein Netz Limetten, zwei Töpfe Minze und eine Flasche Sangrita. Der Getränkemarktbesitzer half mir beim Einladen und fragte: «Feiern Sie eine Party?»

Ich antwortete: «Nein, ich fahre in Urlaub.» Ich ließ ihn verdutzt, aber glücklich winkend auf dem leeren Parkplatz zurück und kutschierte nach Hause.

Dort angekommen räumte ich bis auf die Butter und eine angebrochene Packung Milch alle Lebensmittel aus dem Kühlschrank und die flüssigen Fahrkarten zu meinem Traumurlaub hinein. Dabei begann ich langsam daran zu zweifeln, ob ich den Trip gut genug geplant hätte. Ohne weißen Rum waren die zwei Töpfe Minze überflüssig, und zum Gin fehlte mir das Tonic. Aber eins wusste ich ganz genau: Ich mochte das Reisen nicht. Wegfahren, nur um mal eine Zeitlang woanders zu sein, schien mir, wie sich ein drittes Hosenbein an die Jeans zu nähen, nur um hinterher sagen zu können: «Weißt du noch, als wir mal Hosen mit drei Beinen trugen? War ja mal ganz witzig, zur Abwechslung. Aber immer möchte ich das nicht.» Überdies hätte ich, um diesen Satz sagen zu können, vorher erst jemanden finden müssen, der mit mir ein, zwei Wochen lang in dreibeinigen Jeans durch die Gegend stolpert. Wäre ich mit einem solchen Anliegen an die Menschen in der Fußgängerzone meiner kleinen Heimatstadt herangetreten, hätten sie mich zu Recht für schrullig gehalten. Ich bin nicht schrullig. Ich lebe nur gern alleine, bin zufrieden und mag mein Zuhause. Es gefällt mir sehr gut. Ich hab es ja selber ausgesucht.

Bis meine Heimstatt so eingerichtet war, dass es nichts mehr daran zu verbessern gab, bedurfte es einiger Mühe, Geduld und vieler Fahrten in von Fremden überfüllte

Möbelhäuser. Die Stadt, in der ich lebe, sowie der Berg, auf dem mein Haus steht, wurden von mir mit Bedacht gewählt. Wieso soll ich die einzige Zeit im Jahr, in der ich diese wunderbare, optimal an meine Bedürfnisse angepasste Umgebung ungestört genießen kann, verlassen und unter fremdem Himmel schlafen? In einem Raum, von dem man sagt: «Na ja, ich will mich ja nicht tagsüber drin aufhalten»?

Absurder noch wäre es, wenn sich dieser Raum auf flüssigem Untergrund befände. Ein Kreuzfahrtschiff mag noch so lang sein, sagen wir 150 Meter, so schaukelt es doch auf einem 100 Millionen Quadratkilometer großen Ozean. Das ist für mich, als ob ich auf einer Scheibe Käse im Feuer säße. Eingesperrt zu sein in einer winzigen Kabine inmitten von Hunderten anderer Menschlein in ihren Blechbehältern, unter mir Milliarden Liter eiskaltes salziges Wasser: das ist nicht meine Vorstellung von Entspannung. Im Urlaub soll man Dinge tun, die einem Spaß machen. Ich trinke gern.

Der Kühlschrank war voll, der Himmel wolkenlos und meine Leber bereit. Ich ließ die Jalousien herunter, besprach den Anrufbeantworter mit dem Satz: «Ich bin im Moment nicht ansprechbar und melde mich, wenn ich wieder reden kann», und überließ den Rest dem Zufall. Denn ein wichtiger Teil meines Erholungskonzeptes war es, mich treiben zu lassen und keinerlei Zwängen zu unterliegen. Auch nicht dem Zwang, aus dem Haus gehen zu müssen, um für

Alkoholnachschub zu sorgen. Die Reiseroute war klar. Ich würde ein Fläschchen Schaumwein aus dem Elsass köpfen, dazu ein paar ungesunde Snacks knabbern und über Mittag ein Schläfchen auf dem Sofa halten. Ich hatte die Kühlschranktür noch in der Hand, als es klingelte. Einen Moment lang zögerte ich, beschloss aber dann, lieber jetzt gestört zu werden als während des Mittagsschlafes. Mein Nachbar würde es garantiert später noch einmal versuchen. Dass er es war, erkannte ich an der Art des Klingelns. Er klingelt zweimal kurz. «Das ist mein Zeichen», sagt er immer, «dann weißt du, dass ich es bin.» Der Vorteil, den ich davon habe, ihn am Klingeln zu erkennen und daraufhin nicht zu öffnen, beschränkt sich auf einen kleinen Zeitaufschub. Denn wenn ich nicht zu Hause bin, legt er einen Zettel auf meine Fußmatte, auf dem steht: «Habe bei dir geklingelt. Versuche es später noch einmal.»

Manfred ist ein prima Nachbar. Er grüßt immer freundlich, macht keinen Lärm und beschwert sich nie, wenn ich nachts um halb drei die AC/DC-Hits meiner Jugend krakeele. Wenn Post für mich versehentlich in seinem Briefkasten landet, klingelt er bei mir, um sie mir persönlich zu übergeben, und wenn er mich nicht antrifft, legt er einen Zettel auf die Fußmatte, auf dem steht: «Habe Post für dich. Versuche es später noch einmal.» Natürlich könnte er statt des Zettels auch einfach meine Post dahin legen. Aber mein Nachbar ist ein sehr korrekter Mensch. Letzte Weihnachten brauchte er Eischnee für seine Kokosmakronen, und ich hab ihm dafür vier Eier geborgt. Die hat er ein Stockwerk höher in seiner Wohnung getrennt und mir die Dotter in einem kleinen roten Plastikschüsselchen wieder heruntergebracht. Er brauchte ja nur das Eiweiß. Nach den Feiertagen kaufte er dann vier Eier, trennte diese und behielt das Eigelb. So ist Manfred. Vielleicht finden manche Leute es merkwürdig, dass ein Mann von 58 Jahren mit seiner Mutter und einem grün-roten Chamäleon namens Adrienne zusammenlebt, aber ich mache mir über das Leben anderer Leute keine Gedanken und bin froh, dass ich an einem Ort lebe, wo man mich nicht fragt, wieso ich mich einmal im Vierteljahr mit Gin zuschütte und AC/DC-Lieder gröle.

Ich stellte den Cremant zurück in den Kühlschrank und watschelte zur Haustür. Als ich geöffnet hatte, erschrak ich ein wenig. Manfreds Gesicht war übersät mit kleinen weißen Creme-Häufchen.

«Hallo, ich bin's», sagte er, und nur sein mitleiderregender Gesichtsausdruck hielt mich davon ab zu antworten: «Da wär ich nie draufgekommen.»

Stattdessen sagte ich: «Ich weiß. Ich hab's am Klingeln erkannt», in der Hoffnung, ihn damit etwas aufzubauen, und lächelte. Er ignorierte meinen ironischen Unterton und antwortete: «Ach ja.» Dann schwieg er. Das war ungewöhnlich.

«Hast du die Windpocken?», fragte ich. Er schien nicht zu verstehen. «Wegen der Penatencreme», erklärte ich.

«Ach so, nein», erwiderte er, «das war Adrienne.» Dann

schnaufte er. «Ich verstehe das nicht. Eben sitzt sie noch friedlich auf ihrem Ficus, und als ich sie zur Fütterung herunternahm, hat sie mich gekratzt. Das ist völlig untypisch für ein Chamäleon. Chamäleons beißen. Es muss ihr sehr schlecht gehen. Ich muss so schnell wie möglich mit ihr zum Tierarzt. Aber ich kann doch meine Mutter nicht alleine lassen. Als ich die runtergelassenen Jalousien bei dir gesehen habe, dachte ich schon, du bist nicht zu Hause.» Er verstummte.

«Nein, ich bin da», versuchte ich ihm auf die Sprünge zu helfen.

«Musst du heut nicht arbeiten?»

«Nein, ich hab Urlaub.»

«Fährst du nicht weg?»

«Nein.»

Jetzt schien er darüber nachzudenken, warum jemand am helllichten Tag die Jalousien runterließ, wenn er nicht beabsichtigte, zu verreisen oder zur Arbeit zu gehen.

«Ich wollte mich gerade ein bisschen hinlegen», erklärte ich.

«Ach so, hab ich dich geweckt?»

«Nein, ich liege ja noch nicht.»

«Es ist nur so, dass meiner Mutter im Auto schlecht wird, wenn sie nicht vorne sitzt und ich muss das Terrarium festhalten, deswegen muss ich neben Adrienne sitzen. So durcheinander, wie sie jetzt ist, will ich sie da nicht rausholen. Das würde ihr unnötigen Stress machen, verstehst du?»

«Soll ich euch zum Tierarzt fahren?», fragte ich, um zu vermeiden, dass er mich bat, auf seine Mutter aufzupassen, während er weg war. Manfreds Mutter ist extrem schwerhörig, und ich hatte noch nicht genug getrunken, um jemanden anzuschreien.

«Da wäre ich dir sehr dankbar», antwortete Manfred erleichtert und folgte mir in die Wohnung, als ich in den Flur ging, um meine Jacke zu holen. «Weißt du, Chamäleons lassen sich im Normalfall nicht anmerken, wenn es ihnen schlecht geht.»

«Klar, die können sich gut verstellen», versuchte ich seinen Redeschwall abzukürzen, aber Manfred klebte an mir wie eine Fliege an einer Chamäleonzunge, während ich durch die Wohnung lief und meine Siebensachen zusammensuchte. Wenn er die ganze Fahrt über so weiterquasseln will, sollte ich mir ein Fahrbier mitnehmen, dachte ich. Aber ich ließ es bleiben, weil ich meinen Führerschein behalten und Manfred keinen Blick in meinen mit Flaschen vollgestapelten Kühlschrank gewähren wollte.

Manfreds Mutter Ingrid saß bereits im Wagen, als wir das Terrarium die Treppe hinunter bugsierten. Adrienne verharrte währenddessen wie angenagelt auf ihrem Ast. Nur einmal, als ich aus Versehen zwei Stufen auf einmal genommen hatte und gestolpert war, war ihr grün-roter Körper ein wenig vor und zurück geschaukelt, als wippte sie im Takt einer Musik, die nur hinter ihren Glaswänden zu hören war. Schnell war sie in ihrer Behausung sicher auf dem Rücksitz neben Manfred verstaut, und wir fuhren zum Tierarzt. Dass dieser achtzig Kilometer entfernt war, erfuhr ich erst, als ich die Adresse ins Navi eingab.

«München?», fragte ich entgeistert.

«Danke, es geht schon», antwortete Manfreds Mutter ungefähr in der Lautstärke, in der ich AC/DC hörte, bevor Manfred sagen konnte: «Das ist die nächstgelegene Reptilienklinik.» – «Was?», fragte Ingrid.

«Wir fahren nach München!», rief Manfred ganz nah an meinem rechten Ohr vorbei, und seine Mutter schrie zurück: «Das weiß ich doch!»

Ich beschloss, während der nächsten Stunde möglichst wenig zu sprechen und hin und wieder das Fenster zu öffnen, um den Schall hinauszulassen, während Manfred versuchte, gute Laune zu verbreiten, indem er die Fahrt als «Ausflug», «kleine Reise» und «Mini-Urlaub» bezeichnete. Ich dachte an die kalten Flaschen in meinem Kühlschrank.

In München angekommen, lud ich das Terrarium und Manfred in der Klinik ab und schlenderte mit Muttern durch die Gegend. Sehr weit kamen wir aber nicht, denn mit ihren zweiundachtzig Jahren war Ingrid dem Schlenderalter gewissermaßen entwachsen. Wir setzten uns in einen Biergarten, und ich blickte voll Neid auf die mächtigen Glaskrüge auf den Nebentischen: randvoll mit Bier, und an der feuchten Außenseite lief weißer Schaum hinab. Ingrid und ich bestellten uns Apfelschorle und teilten sie mit den Wespen.

Eine Horde junger Männer in Spaß-T-Shirts enterte das Gelände. In ihrer Mitte führten sie einen als Möhre verkleideten Junggesellen, der sich über sein Rübenkostüm noch ein hellgrünes T-Shirt gezwängt hatte, auf dem stand: «Letzter Tag in Freiheit». Das galt offenbar nicht für die ausgeleierte orangefarbene Schaumstoffwurzel, die einen recht abgehalfterten und traurigen Eindruck machte. Ich stellte mir vor, wie sie vor Jahren in ausverkauften Vormittagsaufführungen des Erfolgsstückes «Hansi Hoppel, das Häschen mit dem Späßchen» viele neugierige Kinderaugen zum Leuchten gebracht hatte, später dann nur noch bei Sonderaktionen in der Gemüseabteilung von Supermärkten beim Gutscheinverteilen zum Einsatz kam und nun ihr unrühmliches Ende als Schandkostüm bei Junggesellensauftouren fand. Ungezählte Male nassgeschwitzt, vollgekotzt und eingepisst, war dies hier nur noch die grässlich verzerrte Fratze eines einstmals lustig gemeinten Karottenkostüms. Und es kam näher.

Die anderen Spaßvögel in der Gruppe hatten sich anscheinend nicht aufs T-Shirt-Motto einigen können. Denn manche von ihnen hatten «Wer ist der Depp?» und andere «Er ist der Depp!» auf der Brust stehen. Als sie an unseren Tisch kamen, schrie Ingrid: «Wer ist denn nun der Depp von euch?», was die Junggesellenabschiedler dazu veranlasste, laut zu grölen, die Oma sei in Ordnung, und weil sie es sei, mache man ihr einen Sonderpreis für die Alkoholika, die der Bräutigam im Biergarten an die Frau bringen musste. Ingrid kaufte einen «kleinen Feigling», der in ihrer Handtasche verschwand, da sie ihn nicht mochte und ich ihn nicht trinken durfte. Die Männer zogen einen Tisch weiter und stießen schwungvoll mit ihren frisch vollgezapften Bierkrügen an. Ich fühlte mich ausgedörrt.

Eine halbe Stunde später rief Manfred aus der Tierklinik an und erklärte, Adrienne müsse über Nacht zur Beobachtung da bleiben und er wolle sie nicht alleine lassen. Wir kamen überein, dass er das Auto dabehalten sollte und ich mit Ingrid den nächsten Zug zurück nehmen würde.

Bevor wir aufbrachen, ging ich noch zur Toilette. Ingrid wartete im Vorraum auf mich, und als ich wieder herauskam, vernahmen wir einen Hilferuf aus dem Herrenklo. Zwischen den Pissoiren fand ich die volltrunkene Karotte. Seine Kollegen hatten ihn mit Handschellen an einem Rohr festgekettet, und ich sollte ihn freikaufen. Angewidert ließ ich ihn stehen und brachte Ingrid zum Taxi. Auf dem Weg zum Bahnhof sagte sie laut: «Ich glaube, er ist der Depp», und ich war froh, dass der Taxifahrer das nicht falsch verstand.

Wir hatten Glück und erwischten einen Intercity, der nur vier Minuten nachdem wir aus dem Taxi gestiegen waren, losfuhr. Das war auch ziemlich genau die Zeit, die ich brauchte, um mit Ingrid und ihrem Gehstock den richtigen Bahnsteig zu erreichen. Auf dem Weg passierten wir drei Kioske, an denen ich Augustiner, Paulaner und Franziskaner als Weggefährten hätte einpacken können, aber ich traute mich nicht, die Betagte vom Arm zu lassen und allein vorzuschicken, und schielte deswegen nur sehnsüchtig über die Schulter zu den Verkaufsständen. «Macht ja nichts», dachte ich, «im Intercity gibt's ein Bordbistro.» Es stellte sich allerdings heraus, dass nicht nur dieses, sondern auch die Toiletten aufgrund eines «Wasserproblems» geschlossen waren.

«Deswegen kann man doch trotzdem Bier ausschenken!», hörte ich mich empört ausrufen, und Ingrid sagte: «Ich muss aufs Klo», während der Zug aus dem Bahnhof fuhr. Also stiegen wir in Pasing wieder aus, wo Ingrid zur Toilette und ich zum nächsten Verkaufsstand lief.

Dahinter stand ein schlaksiger junger Mann in blau-gelbem Arbeitsoutfit, das aussah, als könne er sich nicht entscheiden, ob er FDJler oder FDPler sein wollte, und sagte: «Wir haben kein Bier.»

Ingrid kam vom Klo zurück und krähte: «Fahren wir jetzt weiter?», und ich nuschelte: «Bevor ich keinen Alkohol habe, fahren wir nirgendwohin.»

«Wie bitte?», fragte die zwei Köpfe kleinere alte Dame.

Ich beugte mich runter und blaffte sie an: «BIEEER! Ich brauch noch ein Bier!» Das brachte mir ziemlich missfällige Blicke der umstehenden Reisenden ein.

«Schreien Sie doch Ihre Mutter nicht so an!», beschwerte sich ein Herr im Vorbeigehen, und ich rief ihm nach: «Das ist nicht meine Mutter!»

Ingrid zeigte auf die große Anzeigetafel und zerrte an meinem Ärmel. «Das ist unserer! Wir müssen auf Gleis 9!», brüllte sie, also setzte ich mich in Bewegung. Im Regionalexpress nach Ulm funktionierte das Klo, aber es gab nichts zu trinken. «Es tut mir leid, dass ich Sie so aufgehalten habe», sagte Ingrid, «wenn wir zu Hause sind, kaufe ich Ihnen ein Bier», und ich hätte sie dafür küssen können.

Nach einer Weile stiegen ein paar Jugendliche mit einer Sporttasche voll Dosenbier und auf Lautsprecher gestellten Handys ein. Noch nie in meinem Leben habe ich mich über solche Mitreisende derart gefreut. Ich stand auf, ging zu ihnen rüber und sagte zu dem mit der Tasche: «5 Euro für 'n Bier.»

«Geschenkt», antwortete der und warf mir eine Dose zu, die ich fast noch im Flug öffnete. Das kalte schaumige Bier rann mir die Kehle hinunter, und ich setzte erst ab, als die Dose halb leer war.

Die Clique johlte und einer rief: «Da hatte aber jemand richtig Durst!»

«Ja», sagte ich und ließ mir einen Resttropfen aus dem Mundwinkel laufen, «das war eine lange Reise.»

Kurze Zeit später stiegen Ingrid und ich in unserer Heimatstadt aus dem Zug. Ich winkte den Jungs zum Abschied. Aus dem Handy schepperte «Highway to Hell». Der Urlaub konnte beginnen.

Dietrich Faber
URLAUB MIT ...

... Schlumpfloch

In vielerlei Hinsicht bin ich ausgesprochen unmännlich. Ich kann keinen Dieselmotor reparieren, habe keine Werkstatt im Keller, war noch nie im Bordell, frage Passanten nach dem Weg, nachdem ich meine Frau ans Steuer gelassen habe, bin weder im Schützenverein noch bei der Feuerwehr, mag Liebesfilme mit Hugh Grant, langweile mich dafür bei Actionszenen oder Verfolgungsjagden, lese gerne Psychologie-Dossiers in der *Brigitte* und kann vor allem kein Feuer machen. Geschweige denn, ein Zelt aufbauen.

Ob nun die Teilnahme an einem Zeltlager mit dem Kindergarten unseres sechsjährigen Sohnes der Inbegriff von Männlichkeit ist, soll jeder für sich entscheiden. Die Bezeichnung Kindergarten allerdings ist in unserem Falle maßlos untertrieben. Laurin besucht die *Integrative elternselbstorganisiertundverwaltete Kindertagesstätte Schlumpfloch e. V.* Eine Einrichtung, in der die Eltern aufgrund ihrer mannigfaltigen Verpflichtungen mehr zugegen sind als die Kinder und auf deren wöchentlichen Elternabenden auch schon mal bis nachts um drei über die vollwertigste Zahnpasta gestritten wird.

Zurück nun aber zur Männlichkeit:

«Die Männer bauen die Zelte auf und machen Feuer», hieß es nämlich. Und da stehe ich nun also mit Ulli, Andi, Michi, Flori und Wolle im Wald und sammle und jägere. Ich suche nach trockenen Ästen für unser Kindergruppenlagerfeuer, ich Mann, ich. Nebenbei beobachte ich Wolle, wie er sich sein T-Shirt über den Kopf zieht und laut «Uuuhuu» in den Wald schreit. «Ich lieeebe die Natur», brüllt er.

Wolle ist der unumstrittene Diktator unseres basisdemokratischen Kindergartens. Er zählt zu der bärtigen Spezies Mann, von der man glaubt, dass es sie nicht mehr gibt. Wolle ist 44 Jahre alt, schreibt seit 14 Jahren an seiner Philosophiedoktorarbeit und hat somit genügend Zeit, sich im Schlumpfloch-Kindergarten Tag für Tag wichtig zu machen.

Wolle hängt sich überall rein, kontrolliert jeden und alles, bekommt es natürlich viel, viel zu selten gedankt und ist aufgrund seines angestrengten Überengagements nicht kritisierbar. Versucht es doch mal einer, droht er beleidigt, sofort alles hinzuschmeißen.

Auf mich ist er derzeit nicht so gut zu sprechen, da ich

seinen verzweifelt erfolglosen Aufruf zu einer Fußgän-
gerzonen-Mahnwache «Wider dem Vergessen des Wald-
sterbens» zunächst als Scherz auffasste.

«Uuuuhhhaaaa», brüllt er nun an diesem sonnig schwü-
len Zeltlagertag tarzanesk in den still vor sich hin sterben-
den Wald.

Nun bemerkt er, dass ich ihn beobachte. Mist. Sofort läuft
er zu mir: «Ist das nicht dufte hier draußen, Henning?»
«Joh», antworte ich und bücke mich schnell nach neuen Äst-
chen. «Ich glaube, dass Mutter Natur es albern findet, wie
wir zwei aneinandergeraten sind. Das alles hier, Henning,
ist so groß und schön, da wird einem doch klar, wie nichtig
unsere menschlichen Zwistigkeiten sind, was?» Ich schlu-
cke. Er kommt immer näher. «Frieden, Amigo?» Wolle brei-
tet seine mächtigen Arme aus, sodass ich freien Blick auf die
üppige gewachsene verschwitzte Achselbehaarung habe.
Für Frieden bin ich eigentlich auch, denke ich, doch wenn
der Preis dafür diese drohende Umarmung sein soll, würde
ich mich in diesem Falle mal für Krieg entscheiden. Doch
zu spät, Wolles wolliger Körper klebt bereits an mir. «Okay,
Schwamm drüber», mümmele ich verlegen und schiebe
ihn vorsichtig wieder auf Distanz. Dann dreht er sich um,
schaut gen Himmel, macht wieder «Uuuhuu» und geht.

Das letzte Mal, dass ich ein Zelt aufbauen musste, war 1986,
Osterfreizeit des Handballvereins. Dann flog am zweiten
Tag Tschernobyl in die Luft. Wir fuhren nach Hause und
schlossen die Fenster.

Jetzt stehe ich hilflos mit diesen albernen Heringen in der Gegend rum und traue mich nicht zuzugeben, dass ich kein Zelt aufbauen kann.

Wolles und Mollis Zelt steht schon. Es ist so groß wie ein Einfamilienhaus. Molli ist die Lebensgefährtin von Wolle, sie sieht genau wie er so aus, wie sie heißt, und stellt dreibeinige Sitzhocker ohne Lehne in den Eingangsbereich. Dazu einen Tisch und einen Gaskocher. Wolle versucht auf der Wiese ein Rad drehen, bricht aber in halber Drehung ab und hält sich mit schmerzverzerrtem Gesicht den Rücken.

Ich pikse einfach einen Hering in die Wiese und gucke mal, was passiert. Nichts, stelle ich schnell fest. Franziska müsste jeden Moment mit den anderen Mitmüttern und Kindern vom Einkauf zurück sein. So setze ich mich auf die feuchte Wiese, krame eine der Luftmatratzen heraus und fange an, sie aufzupusten. Luftmatratze als Unterlage war Bedingung. Zwei Dinge habe ich mir nämlich für mein Leben vorgenommen. Niemals auf einer Feier bei einer Polonaise mitmachen und niemals nachts auf einer Isomatte liegen müssen. Nachdem ich fünfmal in die Luftmatratze reingeblasen habe, wird mir schwarz vor Augen, und ich brauche eine Pause. Ich blicke zu Wolles und Mollis Luxusdomizil und sehe, wie sie breitbeinig auf ihm hockend seinen Rücken massiert. Schnell schaue ich weg.

«Moin, moin», sagt dann plötzlich Ilja Richter zu mir. «Wir kennen uns noch gar nicht, ne?» Ich drehe mich um und blicke in ein von blonden Haaren umrahmtes, lächelndes Männergesicht. «Ich bin die Schlampe», sagt er. Ich glaube, ich verkrafte das Ganze nicht. Setzt mir das androhende Zelten so zu, dass mir blonde Männer erscheinen, die wie Ilja Richter reden und «Schlampe» heißen? Der Mann reicht mir seine Hand.

«Ich bin Henning», stelle ich mich vor.

«Wir sind sozusagen eure Nachfolger. Unser Noel übernimmt nach den Sommerferien euren Platz. Wolle hat uns zum Kennenlernen schon mal eingeladen», sagt Schlampe und wirft einen kritischen Blick auf meinen Zelthaufen. «Kann ich dir beim Aufbauen helfen?»

Mein erster Impuls ist, diese Frage zu verneinen. Aber besser, ich nehme die Chance wahr, schnell zu einem aufgebauten Zelt zu kommen. Schlampe trägt komplett Weiß. Eine weite Leinenhose und ein weißes luftiges Hemd mit Bändchen in der Mitte. Als wir das Zelt aus dem «Seesack» herausziehen, lacht er laut und klingt wieder wie Ilja Richter. Vermutlich ist er Zeltkenner und hat sofort gesehen, dass dieses Zelt seit dem Mauerfall nie mehr aufgebaut wurde. Ich suche hektisch nach weiteren Heringen, da höre ich Ilja Richters Stimme: «In der Ruhe liegt die Kraft.» Gütig lächelt er mich an. Nach zehn Minuten ist mit Schlampes Hilfe das Zelt aufgebaut, und ich frage mich, wie wir in diesem Dingelchen zu dritt Platz finden sollen.

«Danke für die Hilfe, äh, sorry, ich hatte deinen Namen vorhin nicht ganz verstanden», sage ich. «Die Schlampe», antwortet er daraufhin wieder. «Ist auch nicht so einfach», ergänzt er. «Ist ja auch nicht mein ursprünglicher Name.

69

Ich habe einen neuen Namen angenommen. Dsche steht für ‹Der Besondere› und Champa für ‹Liebend›. Dsche Champa. Ist aus dem Buddhistischen. Nenn mich einfach Champa.»

Dann kommen die Frauen mit den Kindern zurück. Laurin stürmt auf uns zu und bleibt vor unserem kümmerlichen Zelt stehen. Seine Augen wandern zu den modernen Konstruktionen unserer Nachbarn; er kann seine Enttäuschung nicht verhehlen. Meine Bemerkung: «Da hat dein Papa schon drin geschlafen, als er so alt war wie du», erzielt auch nicht die gewünschte Wirkung.

Nun folgt endlich ein männlich besetzter Programmpunkt, mit dem ich klarkomme: Fußball. Sechs gegen sechs. Wolle steht bei uns im Tor. Schlampe spielt mit Laurin in der gegnerischen Mannschaft.

Gleich zu Beginn werde ich vom sechsjährigen Mücahit getunnelt. Ich tue so, als hätte ich es mit Absicht zugelassen, und wünsche mir schon jetzt, dass er sich in zwölf Jahren für die deutsche Nationalmannschaft entscheidet und nicht für die türkische.

«Wie steht's?», ruft Ilja, die Schlampe während einer kurzen Spielpause über das Feld. «Keine Ahnung», antworte ich. Danach entspinnt sich ein Streit zwischen den Vätern, ob es 5:5, 6:5 oder 5:6 stehe. Wolle, der erwartungsgemäß bisher keinen einzigen Ball gehalten hat, sagt: «Ist doch völlig schnuppe, oder? Hier geht es doch um Spaß und nicht um die hessische Weltmeisterschaft.»

So selten es auch vorkommt, diesmal stimme ich ihm zu, auch wenn ich noch lange darüber nachgrübeln muss, was genau er mit «hessischer Weltmeisterschaft» meint. So spielen wir weiter. Einmal lasse ich Schlampe lässig aussteigen, passe zu dem vierjährigen Viktor, der den Ball nur ins Tor zu schieben braucht, ihn aber stattdessen in die Hand nimmt und unter seinem T-Shirt versteckt. «Haaand, Haaand», plärrt Schlampe aufgeregt. «Freistoß für uns!» Er wirkt etwas angespannt, der Gute. Da kann er noch so buddhistisch tun, hinter seinem dauernden Herumgelache ist ein Ehrgeiz zu spüren, der so gar nicht zum aggressionsfreien Vater-Kind-Kicken passt. «In der Ruhe liegt die Kraft», möchte ich ihm am liebsten zurufen.

Zehn Minuten brauchen wir, um Viktor zu überreden, den Ball wieder freizugeben. Schlampe will nun an mir vorbeidribbeln, doch mit dem rechten Innenrist gelingt es mir lässig, ihm die Pille abzunehmen. Ich höre ihn laut lachen, dann packt seine Hand meine Schulter, und ich liege auf dem Boden. Alle lachen, Schlampe am lautesten. Ich gebe mir alle Mühe und lache mit. Der Freistoß bringt nichts ein, wie es so schön heißt. Nachdem wir uns längst alle geeinigt hatten, nicht mehr zu zählen und endlich nur noch aus Spaß an der Freude zu spielen, ruft unser Buddhisten-van-Bommel übers Feld: «9:9, das nächste Tor entscheidet.» Schlampe, das Gesicht vor Anstrengung gerötet, springt wie ein Boxer vor dem Kampf auf der Stelle herum. Nun hat die dreijährige Larissa aus unserer Mannschaft den Ball. Schlampe stürmt auf sie zu und nimmt ihn ihr sofort ab. Larissa verliert das Gleichgewicht und kippt auf ihren Po. Sie fängt an zu weinen. Starke Leistung, denke ich und renne der Buddhisten-Schlampe hinterher. Ich grätsche, wie es früher nur Karl-Heinz Förster konnte, und berühre äußerst gekonnt nur den Ball. Doch Schlampe schreit laut «Aaaaah» und stürzt mit schmerzverzerrtem Gesicht zu Boden. «Mensch, Henning», nölt mir Wolle zu. «Ich hab ihn doch gar nicht berührt», protestiere ich patzig. Schlampe brüllt, als hätte er sein Bein verloren, und wälzt sich am Boden. Wir beschließen einhellig, dass es wohl das Beste ist, das heitere Fußball-Treiben hier zu beenden.

Mein Sohn wenigstens ist stolz auf meine Defensiv-Aktion. Während wir gemeinsam zu unserem Zelt schreiten, redet er von nichts anderem als von meiner Blutgrätsche. So unmännlich kann ich also doch nicht sein.

Mit Eifer tritt Franziska auf dem von Frank und Iris ausgeliehenen Blasebalg herum, um auch die letzte Luftmatratze in Form zu bringen. «Na ihr», begrüßt sie uns. «Lebt ihr noch? Wer hat denn da so geschrien? Das klang ja furchtbar.»

«Ach das», antworte ich. «Das war nur die Schlampe.»

«Die wer?», fragt Laurin.

Stockbrot. Wer in Gottes Namen hat *das* eigentlich erfunden? Eine geschmacksneutrale klebrige Masse, die labbelig an einem Stöckchen bappt und stundenlang ins Feuer gehalten muss, ehe sie durch Karzinogene genießbar wird. Vielleicht dient dieser Akt auch nur dazu, die Kinder mal für eine Weile zur Ruhe zu bringen. Dann hat das natürlich seinen Sinn. Immerhin habe ich meinen Stock mit bloßen Händen eigens im Wald erlegt. Schlampe, der sein zertrümmertes Unterbein vermutlich per Meditation wundersam zur schnellen Heilung bewogen hat, kann es nicht sein lassen, die Kinder-und-Eltern-Schar mit der Wandergitarre zu unterhalten. Ich grüble lange darüber nach, ob ich ihn nicht vielleicht doch darauf hinweisen soll, dass diese Drehknöpfe am oberen Ende der Gitarre dazu dienen, die Saiten zu stimmen. Ich lasse es, und über uns ergießen sich «Country Roads», «Let it Be», «Der Hase Augustin» und eine Eigenkomposition, zu der Molli mit geschlossenen Augen verträumt den Kopf bewegt. Jutta, die als gebürtige Breungeshainerin eine «Afrikanische Trommelgruppe» leitet, verteilt zwischendurch Trommeln. So trommeln wir alle. Und zwar zu «We Shall Overcome», im sehr freien Rhythmus und gegen jede Regel des guten Geschmacks.

Wolle wirkt ein wenig schlecht gelaunt. Schlampe scheint ihm wohl doch zu sehr die Show zu stehlen. Schade eigentlich, dass ich in den nächsten Jahren die Hahnenkämpfe dieser zwei Herren nicht mehr miterleben werde.

Mitten in «Morning Has Broken» springt Wolle und ruft: «Ich geh in den Bach baden. Wer kommt mit?»

«Jaaaa», schreien alle Kinder, und Schlampe muss Cat Stevens Cat Stevens sein lassen, obwohl er «Lady D'Abanville» schon angedroht hatte. Punktsieg für Wolle.

Geschlossen schreitet die Gruppe in der milden Abend-dämmerung zum Bach und sucht sich eine Stelle aus, in der man gut ans Wasser kommt, Wolle immer voran. Er reißt sich alle Klamotten vom Leib und geht mit haarigem Arsch ohne zu zögern in das bestimmt sehr kühle Nass. «Boaarr», schreit er.

«Der spinnt doch», flüstere ich zu Franziska, während andere johlen und klatschen.

«Wieso?», fragt meine Frau.

«Ich find das nicht gut, so nackt vor den Kindern ...»

«Warum? Das ist doch ganz natürlich.»

«Trotzdem. Da ist eine Grenze. Außerdem weiß ich nicht, ob die Kinder bei dem Anblick von Wolles nacktem Kör-per nicht eine Traumatisierung erleiden», ziehe ich meine eigentlich ernst gemeinte Bemerkung selber ins Lächer-liche.

Als ich dann sehe, dass Molli es ihrem Mann gleichtut, weiß ich, dass es nun eh zu spät ist für Gedanken über frühkindliche Ursachen späterer Sexualstörungen.

Die ersten Kinder planschen nun im Wasser, und Lau-rin quengelt, dass auch wir mit rein sollten. Nun zieht sich tatsächlich auch Franziska komplett aus. Mir gefällt das alles nicht. Ich sehe, wie Schlampe, der inzwischen zum Bach nachgekommen ist, seine Augen nicht von ihr wenden kann. Kurz nachdem meine nackte Ehefrau unter lautem Gejohle in den Bach gestiegen ist, kann es auch die Schlampe nicht lassen. Sein Körper, stellt sich leider heraus, ist überraschend athletisch und wohlgeformt. Er springt mit einem albernen Sprung und einem riesigen Gemächt direkt neben Franziska ins Wasser. Sie lacht. Ich nicht.

«Koooommmm Papa», ruft Laurin. Ich lächle etwas gequält und schüttele den Kopf. Wie ich dieses Nudisten-Schauspiel so betrachte, kommt mir der Gedanke, dass die 68er für mich wohl nichts gewesen wären. Verklemmt bin ich, denke ich, und zwar zu Recht.

Ich schleiche mich vom Ort des heiteren Wasserplanschens weg, gehe zurück zu unserem Zeltchen, packe ein paar Sachen in Laurins Kindergarten-Rucksäckchen mit den süßen Bob-der-Baumeister-Aufkleberchen und laufe so weit in den Wald hinein, bis ich niemanden mehr sehe und höre. Dann setzte ich mich auf eine feucht-moosige Waldbank, nehme einen kräftigen Schluck aus meiner alkoholfreien Radler-, Alster- oder was auch immer-Dose, blättere ein bisschen in der *Brigitte Man*, gehe wenig später in die Bäume zum Pinkeln … sitzend natürlich, bin eifersüchtig auf die Schlampe und fühle mich so männlich wie noch nie.

Frank Schulz
URLAUB MIT ...

... den Müllers
aus Offenbach

Als Busenfreundin kriegt frau ja so einiges zu hören. Die dollsten Dinger aber als Busenfreundin von Eva Schoff, heute aufstrebende Filmproduzentin, einst jedoch berüchtigte Bacchantin, Hasardeurin und Femme fatale aus dem Schanzenviertel. Sie haben sie mal kennengelernt? Wundert mich nicht.

Wir kennen uns aus dem Studium. Ich weiß noch, wie sie sich unserer Erstsemestergruppe mit den Worten «Hallo, ich bin Evchen!» vorgestellt hatte. Woraufhin ihr die Sprecherin der Lesben-und-Schwulen-Ini «unreflektierte Affirmation frauenfeindlicher Verniedlichungsformen» unterstellte, und was Evchen daraufhin mit ihr anstellte, kann man nur als rhetorisches Gemetzel bezeichnen. So *richtig* fies mit anzusehen aber war, wie ihre Kritikerin sich Evchen anlässlich der Semesterabschlussfeier auf einem silbernen Tablett servierte. Und zwar verniedlicht bis ins Mark.

Das ist lange her, und als diese korfiotische Urlaubsschnurre um jene gewissen Müllers stattfand, die sie mir kürzlich erzählte, war Evchen längst in den ruhigeren Hafen ihrer Karriere nebst Ehe mit dem Zahnarzt Timo Schoff eingelaufen. Dachte sie. Und dachte ich.

Samstagnachmittag, o heiliger Samstagnachmittag ...! Wer kennt nicht diesen feinnervigen Ruck, mit dem man mitunter ins Nickerchen sackt? Ganz unmerklich, dass man fast wieder erwacht. Aber nur fassssst ... Köstlich döste Evchen ein, doch da dudelte das Telefon los.

Unter dem Adrenalinbeschuss japste sie. Instinktiv machte sie sich schwer. Derweil kriegte Timo den Kunststoffknüppel zu fassen, der auf dem Couchtisch umherweste, und fistelte dösig: «Schoff...»

Hallenhall im Hintergrund. Lautsprecher-Appelle in Mezzosopran. Reisefiebrige Zurufe. Rollkoffer-Rollen. Direkt an der Membrane aber: «Evchen?»

Auch Evchen vernahm die fremde Stimme am anderen Ende deutlich.

«Nee», krähte Timo, räusperte sich und korrigierte, nun mit geschmirgeltem Bariton: «Timo. Wer ist denn da?»

«Ah, Timo. Hier ist Michael.» Und dann dieses ... dieses Geräusch. *Knrrk!* Evchen schaltete immer noch nicht.

Ebenso wenig Timo. «Äh...»

«Letzten Sommer? Lakónes?»

Jetzt aber. Es war die Betonung auf der falschen Silbe, die Evchen alarmierte. Mit einem Fingerschnippen öffnete sie die Nickhäute ihres Mannes und zog panisch den Daumennagel quer über ihre Gurgel.

Da fiel's auch Timo wie Bohnen aus den Ohren. «Michael!» Timo blinzelte nicht mal. Wiedererkennungsfreude zu heucheln schaffte er allein vermittels seiner Stimmbänder. «Das ist ja ... Wie geht's!»

Über Timos warmen Leib hinweg kriechend, kletterte Evchen vom Sofa.

«Ja, uns auch! – Was? – Nnnööö ...»

Während sie über den Flur tappte, bewunderte sie – ihrer Verstimmung zum Trotz – Timos Simulation von Herzlichkeit. Ihr Kerl! Mit allen Wassern gewaschen. Timo begegnete den alltäglichen Exemplaren des *Homo sapiens sapiens* laut und leutselig. Zurückhaltung strengte Timo an, und so betrachtete er seine Extrovertiertheit als eine Funktion der Energieersparnis. Evchen hielt sie allerdings für eine paradoxe Form von Soziopathie.

Von der Toilette zurückgekehrt, sah sie das Telefon wieder auf dem Couchtisch liegen. Timo empfing sie mit gesenkter Stirn. Sie kannte diesen hündischen Ausdruck. Entsetzen flammte auf. «Was! WAS!»

Das Wort *Lákones* – mit dem Betonungszeichen auf der *ersten* Silbe – hatte auf dem Schild gestanden, das die Schoffs im voraufgegangenen Sommer eine Woche lang täglich passiert hatten, wenn sie vom in den Berg gesprengten Parkplatz aus die Straße überquerten, um drei Stockwerkstreppen tiefer ihr Studio with garden view aufzusuchen. Evchen erinnerte sich an den Ölbaumzweig, der den Rand des (diagonal durchgestrichenen) Ortsschildes garnierte. Er gehörte zu einer uralten Olive, Teil jenes Wäldchens, das parallel zu den drei Treppen abwärts wuchs – auf mit schwarzen Netzen verhangenen Terrassen. Aus dem tiefen, doch dreißig Grad warmen Schatten zirpte ab mittags eine stramme Zikade.

Ach, dieser Duft nach wildem Salbei ... Evchen mochte es, die Beine auf der kühlen Marmorplatte des Gartentischchens abzulegen. Durchs luftige Gerank der Weinhecke aufs gekräuselte Meer zu schauen, das fünfhundert Meter tiefer lag.

Viereinhalb Tage dauerte die Freude darüber an, dass sie es bei der Internetrecherche nach Angeboten für eine spontane Urlaubswoche so passabel getroffen hatten. Dann zog ins unbelegte Nachbarstudio des Blue Dolphin Complex Lákones Corfu ein Pärchen ein, aus Südhessen, wie die Schoffs kinderlos und Ende dreißig. Damit waren die Gemeinsamkeiten denn auch erschöpft. «Grauenvolle Langweiler», stöhnte Evchen.

Den Namen der Frau vergaß sie immer wieder – Martina oder so. Martina war derart unscheinbar, dass der Kellner sie an den beiden Abenden, die Schoffs mit Müllers verbrachten, ständig übersah, -hörte und -ging. Sofern sie überhaupt irgendwie wirkte, dann wie ein sperriges

Accessoire. Wie ein Rucksack etwa, der nur zum Transport eines Brillenetuis dient. Ihr Besitzer schleppte sie halt mit. Wurde sie staubig, klopfte er sie ein bisschen ab, fertig.

Neben dieser Martina erschien etwas annähernd so Unscheinbares wie jener Michael ein Quäntchen ... wie sollte man sagen: scheinbarer? Vielleicht durch seine neben der Kabriolettfrisur hervorragendste Charaktereigenschaft: dieses ... dieses Geräusch. *Knrrk!*

Es war Evchen sofort aufgefallen, als er sie beim ersten Geplänkel von Marmortischchen zu Marmortischchen mit dem Vorschlag überrumpelte, noch am selben Abend gemeinsam zu essen. Sie sagte nicht zu und lehnte nicht ab, und zum Schluss hatte er «Ja prima, bis heut Abend» geantwortet und ... wie sollte man sagen: gelächelt?, und daraufhin hatte sie zum ersten Mal dieses Geräusch vernommen. Ein Knarzen, ein Pressluftstoß in die Nasennebenhöhlen. Ein Laut, mit dem man eigentlich knappstmöglich Verachtung und Sarkasmus auszudrücken pflegt. *Knrrk!* Leicht irritiert blickte Evchen sich um – bis nach dem Olivenwald –, aber nein: Dieses deplatzierte Grunzen, es musste aus Michael herausgedrungen sein.

Warum in aller Welt sie nicht nur den einen, sondern gar noch einen zweiten Abend mit den Müllers verbrachten, konnten Evchen und Timo sich später nie einhellig erklären. War doch der erste schon anstrengend, ja quälend gewesen – bis Wein und Ouzo die Nacht in ein ulkiges Blaurosé getaucht hatten. Evchen entsann sich jener Müllerabende wie glimpflich ausgegangener Geiseldramen. Darin war sie sich mit Timo einig.

In den Details klafften die Erinnerungen jedoch auseinander. Kein Wunder, galt Evchen doch als Daueranwärterin auf einen Bambi für den schlimmsten Filmriss. Sie meinte, Timo selbst habe sie beide in den zweiten Abend hineingequatscht. Im Gegensatz zu ihm erinnerte sie sich, dass eines der Gesprächsthemen am ersten Abend die Gastfreundschaft der Griechen gewesen sei. Sowie, komplementär, die oft behauptete Unfähigkeit der Deutschen dazu. Timo aber habe sich da zum Verfechter der Gegenthese aufgeschwungen, die ihm zufolge durch das sogenannte WM-Sommermärchen bewiesen worden sei. Und folglich habe man den Müllers am zweiten Abend schwerlich plötzlich die steife Oberlippe präsentieren können.

Timo hingegen behauptete, Evchen habe aufgrund ihres fürchterlichen Katers anstatt wie verabredet in der Taverne im Nachbarort doch lieber nur schnell eine Kleinigkeit beim Herbergsvater essen wollen. Und was habe man denn machen sollen, als da wie am Vorabend am selben Tisch dieselben Müllers saßen.

Auch unabhängig von der Schuldfrage gab es Differenzen. So meinte Timo zum Beispiel, Evchen habe Gesprächsangebote von Frau zu Frau ignoriert und stattdessen Michael gegen Ende des Abends «angeflirtet». Evchen empört: «Diesen ... Holzkopf? Nie im Leben! Und diese ... Fata Morgana von einer Frau hat den ganzen Abend keinen Pieps von sich gegeben, geschweige ein *Gesprächsangebot*.»

Wie auch immer, die Schoffs hatten sich am zweiten Abend noch rabiater betrunken als am ersten.

Vorschub dabei leistete der Herr des Hauses, der Gründer des Blue Dolphin. Ein kleiner, fünfeckiger Mann mit wiegendem Gang und Händen wie Bratpfannen. Nachdem er erfragt hatte, dass Evchen und Timo aus Hamburg kamen, machte er eine hellenische Handbewegung und sagte: «Chamburrg, bo bo bo bo ...» Bis vor achtzehn Jahren sei er noch zur See gefahren. Kenne die Stadt von diversen Landgängen.

«It's gorgeous, isn't it?» Wiewohl blutiger Quiddje, fischte Timo nach Komplimenten. Bloß, um Owwebach auf die Ränge zu verweisen.

Der Chef wackelte mit der Rechten. «Very busy. But ...» Er warf einen Blick in Richtung Küche, wo Gattin, Tochter und Schwiegertochter rackerten, und flüsterte Timo und Michael hinter vorgehaltener Hand zu: «... a lots of very nice women. I spending a lots of money. A *lots* of money!» Und feixte und verschwand; doch während Timo vor den Müllers mit der Reeperbahn zu prahlen begann, kehrte er zurück und spendierte eine Ouzo-Karaffe von olympischen Ausmaßen.

Ende mit doppeltem Blackout. Und am nächsten Morgen flogen sie planmäßig heim. Mit außerplanmäßigem Übergepäck unterm Hut, ja – aber das war's im Wesentlichen denn auch gewesen. Jedenfalls das, woran die Schoffs sich *gemeinsam* erinnerten.

Und nun jener Samstagnachmittag, rund ein Jahr später.

Nachdem Evchen Timo voller banger Vorahnung angeherrscht hatte, schlug er die Dackelaugen unter der gesenkten Stirn zu ihr auf. «Sie ... sie kommen auf einen Sprung vorbei.»

«Die sind in *Hamburg*? Schoff!!»

«Der hat das irre geschickt gemacht», begann Timo zu winseln. «Erst hat er gefragt, wie's uns denn so geht –»

«Wie oft hab ich dir schon –»

«Ich weiß, ich *weiß*», greinte Timo, «immer sagen: ‹Geht so›, damit man –»

«– etwaige Ansinnen –»

«– gegebenenfalls mit Befindlichkeiten abwimmeln kann. Ich weiß! War mir eben einfach so rausgerutscht! Und dann hat er gefragt, was wir grad so treiben –»

«Und du hast gesagt, och nix, wir langweilen uns zu Tode, und –»

«Nein, aber Herrgott noch mal, ich hab natürlich gedacht, der ruft aus Obbeheim an.»

«Owwebach. Verdammt, die Flughafen-Atmo im Hintergrund hätte uns aufhorchen lassen müssen!»

Denn Michael und Martina (oder Marina?) waren auch dieses Jahr kurz entschlossen zwei Wochen in Lákones gewesen, und weil der Rückflug nur über Hamburg zu buchen gewesen war, hatten sie entschieden, «uns zu überraschen», jaulte Timo. «Woher kennen die überhaupt unsere Telefonnummer!?»

In dem Moment fiel Evchen die elektronische Grußkarte

ein, die sie vergangene Weihnachten im Organizer gefunden hatte: Ein rotnasiges Rentier trällerte ein Liedchen über ein rotnasiges Rentier. Timo hatte sie das verschwiegen. Wegen «Geringfügigkeit». Eher aber, weil wenn die Grußkarte an *ihre* E-Mail-Adresse geschickt worden war, musste es wohl *sie* gewesen sein, die sie Michael Knarzmüller gegeben hatte. Und offensichtlich nicht nur die E-Mail-Adresse...

Offensichtlich hatte sie sich im Suff überrumpeln lassen, damals, in Lákones. Aber verdammt noch eins, wusste nicht jeder Mitteleuropäer mit einem Funken Anstand, dass man so was gefälligst nicht ausnutzt?

Nein, da gab es Ausnahmen. Zwei davon standen zwanzig Minuten später doch tatsächlich da auf dem Fußabtreter ihrer Privatwohnung: der leibhaftige Michael, mitsamt dem Rucksack Marke Martina (oder Maria?); und *ein* Geräusch wäre in dem ganzen heuchelhohlen Wiedersehensgewimmer glatt untergegangen, lägen Evchens Hör-, nein sämtliche Nerven nicht längst blank vor Verdruss, ja Hass: *Knrrk!*

«Kommt rein, kommt rein!», blökte Timo, schäumend vor Gastfreundschaft.

Der Anblick, wie Michael die zusammengelegte Kuscheldecke als Ablage für seinen rothaarigen Unterarm missbrauchte, trieb Evchen einen Kloß des Abscheus in die Kehle. «Wollt ihr was trinken?», fragte sie ihn. «Sekt? Selters? Gurkenwasser?»

Timo lachte, dass sich die Balken bogen. «Gurkenwasser!», brüllte er, «Gurkenwasser! Nee, wir haben doch», brüllte er eine Oktave tiefer, «noch Ouzo, Schatz!»

«Nein. Ich glaube, nein.»

«Doch! Doch, doch!», kreischte er. «Im Giftschrank! Im Giftschrank!»

Also schleppte sie die eiserne Reserve an. Und, aus Wut, ein Glas Mixed Pickles. Mixed Pickles? Tja, Mixed Pickles. Weiß der Deubel. Der Deckel starrte von Staub und Küchenfett. Michael zuckte nicht mit der Schweinswimper, als sie es auf den Tisch knallte. Seine Haltung besagte: O ja, ich bin's. Ich bin's wirklich. Erwürg mich doch.

«Wie viel Zeit habt ihr denn mitgebracht?», fragte Timo, glaubwürdig besorgt. Extrem glaubwürdig.

Ihr Zug mit den reservierten Plätzen, sagte Michael, fahre erst in zweieinhalb Stunden, nur keine Sorge.

«Zweieinhalb Stunden!», heulte Timo auf. «Immerhin!»

Während all des Gequatsches über Koffer, Schließfächer und ähnlichen Quatsch versuchte Evchen verstohlen, sich Martinas Gesicht zu merken. Doch kaum schaute sie zehn Sekunden lang weg, war es wieder aus ihrem Gedächtnis gelöscht. Einzig einprägsam: dass Martina ihre Blickrichtung stets der von Michael anpasste. Ihre Teints glänzten im selben Rot, ja leuchteten wie … wie sollte man sagen: wie Puttenärsche im Russenpuff von Oberursel?

«Und jetzt seid ihr hier!», sagte Timo bereits zum dritten Mal, ganz erschöpft vor Seligkeit.

«Ja», sagte Michael. «Du hattest uns ja einen Reeperbahn-Bummel versprochen.»

«Einen Reeperbahn-Bummel? Einen Reeperbahn-Bummel?»

«Ja.»

Timo lachte sich schlapp. «Mann, ich weiß praktisch nix mehr! Ich weiß praktisch nix mehr!» Einfach alles zweimal sagen, dann verging die Zeit doppelt so schnell. Timo schenkte Michael einen weiteren Ouzo ein. Und übersah natürlich Martina.

«Und du, Martina?», sagte Evchen und griff nach der Flasche, während die Männer «Jammas!», grölten, den Schnaps kippten, sich abzuklatschen versuchten – und ins Leere hauten. «Trinkst du auch noch einen?»

Daraufhin Martina, mit trotz tonloser Stimme doch nonnenhaft tadelndem Unterton: «Char*lott*e ...»

«*Ev*chen heiß ich», sagte Evchen, süß, eiskalt und nadelspitz.

Und Martina nonnenhaft: «Und ich Char*lott*e.»

Evchen starrte sie an. Es war geradezu unheimlich, aber sie starrte praktisch ins Leere, so unscheinbar war diese Mar...lotte. Ein Spuk. Ein Gespenst mit rotem Gesicht. Mit rotem ... wie sollte man sagen: Arschgesicht?

Kurzum, eine ganze Weile lang erhielt Evchen die Fratze der Scheinheiligkeit halbwegs aufrecht. Dann entglitt sie ihr. Auf einem dünnen Ouzo-Film, sozusagen.

Eine gefühlte halbe Stunde hatte Michael bereits

von seinen wilden Abenteuern bei der Ermittlung des günstigsten Handytarifs berichtet – *knrrk!* –, und nun drohte der Reeperbahn-Bummel. Doch den, das wusste Evchen, würde sie nicht überleben. Also schöpfte sie tief Atem, dann kippte sie einen Ouzo, und dann sagte sie: «So, mir reichs. Schlus mip'm Getue. Ihr seid *derart* öde, das hält doch kein … – Mensch, da mensruiert man ja lieber *zweima* im Monat als noch eine Minute länger … Puh.»

Am schnellsten reagierte, erwartungsgemäß, Timo. Und zwar mit tosendem Gelächter. «Da menstruiert man ja lieber *zwei*mal im Monat! Haha*haaa*hahahaha … Da menstruiert –»

«Hals Maul, Schatzi. So. Alles, was auf Müller hört, auf Nimmerwiedersehn. Nix für ungut, aber 'tschüs. Sense Banane.» Sie hob den Blick und schaute erst Michael, dann Marlotte in die Visage.

Und daraufhin sagte die etwas.

Tatsächlich, Marlotte sagte schon wieder etwas. Respektive fragte.

Nie hätte Evchen je erraten, was. Hätte sie eine Liste mit den zehn in dieser Situation wahrscheinlichsten Marlotte-Fragen erstellen dürfen, sie wäre nimmer draufgekommen – auch nicht, wenn sie sich mit der Antwort vorm Schafott hätte retten können. Diese Frage, übertragen aus dem Südhessischen, sie lautete nämlich: «Hast du damals in Lakónes mit meinem Michael Oralverkehr gemacht, ja oder nein?»

Evchen aber, mitgerissen vom Furor der eigenen mora-
lischen Säuberung: «Llllákones. Ich sag's nur n'ch eima.
Llllákones. Betonung auf der was gemacht? Ob ich *was*
gemacht hab?»

Eigentlich wäre jetzt wieder Timo dran gewesen. *Ob du
mit ihrem Michael Oraaalverkehr gemacht hast, hahahaha!
Ob du mit ihrem Michael Oraaalverkehr* usf. Doch er versuchte nicht mal, Michael abzuklatschen. Er starrte ihn nur
an, als wollte er sagen: Ich höre Stimmen, hörst du auch
Stimmen? Oder: Dein Fünfer unten links ist kariös. Oder:
Du bist tot, Südhesse. Du bist tot.

Die Wahrheit war: Sie hatte ihn – geküsst. Sie, Evchen,
hatte ihn, Michael, geküsst.

Nachdem Marlotte jene geisteskranke Frage gestellt
hatte, waren in Evchens Gedächtnis Bilder aufgetaucht,
sehr allmählich, aber ebenso unaufhörlich und unzwei-
deutig wie Fotografien aus dem Entwicklerbad. Die
Restaurantterrasse mit dem Panoramablick aufs nacht-
schwarze, unergründliche Ionische Meer da unten, das flir-
rende Lichter reflektiert ... die steile, funzlig ausgeleuch-
tete Steintreppe, die zur Toilette hinabführt ... die Zikade
aus dem Wald, die korfiotische Nachthitze, die knarrende
Außentür ... Und da, irgendwann zu vorgerückter Stunde,
muss Evchen Michael wohl einmal begegnet sein, er auf
dem Weg nach oben, sie auf dem Weg nach unten oder
umgekehrt, und sofern ein weiteres Erinnerungsbild sie
nicht trog, hatte sie ihm sodann spontan den Arm umge-

dreht und diesen ... wie soll man sagen: sadistischen Kuss verpasst? «Schmeckte allerdings», sagte sie und graulte sich, «wie Schafkäs mit Musik.» Belustigt vom eigenen Jammer, gestand sie mir die bizarre Neigung, Blödmännern, Langweilern und Pappnasen durch einen schroffen, nassforschen Kuss mit reichlich Zahn und Zunge ... wie soll man sagen: das Maul zu stopfen? «Kennst du das nicht, das Bedürfnis?»

«Nein», sagte ich, «nein. Nein», sagte ich, «das kenne ich nicht, nein», sagte ich.

Und hinterher, sagte sie, hatte sie ein schlechtes Gewissen. Und zwar mitnichten Timo, sondern diesem Subjekt gegenüber. Beziehungsweise Objekt.

«Vielleicht hast du», sagte ich, «ihm ja deswegen deine Kontaktdaten gegeben.»

Der die nicht gerade prompt, aber am Ende doch genutzt hatte. Zunächst für den Rentier-Test zu Weihnachten. Bei dem Evchen aufgrund ihrer Missachtung durchgerasselt war. Sodass Michael anschließend offenbar beschlossen hatte, sich unter Einsatz Marlottes zu rächen.

Zähflüssige Schimpfe absondernd, hatten sich die Müllers im Krebsgang davongemacht – bis dato kamen Evchen die Stufen im heimischen Treppenhaus glitschig vor von des Hessen zu Brei gekäuten Konsonanten –, und wenn Evchen den ein oder anderen Satzbatzen zutreffend interpretiert hatte, dann hatte Marlotte offenbar seit Weihnachten gezweifelt und geschmollt.

«Und seit letztem Samstagnachmittag», ahnte ich, «zweifelt Timo?»

«Nein, nein», sagte Evchen unter dem Vordach ihrer schlanken Finger. Ihr Ehering hatte tausend Euro gekostet. «Aber schmollt.»

Wir schwiegen eine ganze Weile, und dann klatschten wir uns ab. Und trafen auf Anhieb.

Wie soll man sagen: *Knrrk?*

Kirsten Fuchs
URLAUB MIT ...

... Hackepeter-schwein

Wir hatten im Internet dieses Angebot gefunden: ein Boot – in einem Garten, in Rheinsberg. Zum drin Wohnen. Das schien uns interessant, und wir buchten das Boot.

Als Alfred und ich das Boot sahen, sah es zwar aus wie ein Boot, aber es war keins. Das «Boot» war ein ehemaliger Schuppen in Bootsform, der total bootig ausgeschmückt worden war: mit Bug, Heck, Wimpelchen und Mast. Der Schuppen hätte auf jeden Fall einen Bootsähnlichkeitswettbewerb gewinnen können. Ganz knapp vor einem Blecheimer und einem Notizbuch. «Das ist doch KITSCH!», schrie ich bestürzt. «Ich mach doch nicht in Kitsch Urlaub.»

Vor dem sogenannten Boot war ein sogenannter Teich mit Steininselchen, auf denen TONFRÖSCHE saßen!

97

Zwei davon hüpften erschrocken ins Wasser, der Rest blieb glasiert sitzen. Im Boot drin sah es noch schlimmer aus als außen am Boot draußen. Alles war voller Einrichtungsschnulli aus dem Laden «Der Ostseelook für zu Hause» oder «Maritim ganz billig» oder so. Alfred und ich waren diesmal extra nicht an die Ostsee gefahren, weil wir sonst immer an die Ostsee fahren, wir hatten uns gedacht: «Wir machen mal was anderes, was ganz anderes, wir buchen ein Boot – und zwar *nicht* an der Ostsee.» UND JETZT DAS: Das Boot – nicht an der Ostsee – war gar kein Boot, und in dem Boot – nicht an der Ostsee –, das gar kein Boot war, war die Ostsee. Überall hockten Teddys im Matrosenanzug. Wo ein Plätzchen frei war, lagen Muscheln. Die Garderobenhaken waren Möwen, die Handtuchhaken im Bad waren Leuchttürme, die Lampen waren Anker und der Klopapierhalter in dem Bad in dem Boot war ein Boot. Nichts war, was es eigentlich war. Alles war etwas anderes. Wenn die Betten der Tisch gewesen wären und die Fenster das Klo, ich hätte mich kaum mehr wundern können – dann ess ich eben im Bett und scheiß aus dem Fenster.

«Das ist doch KITSCH!», schrie ich wieder. «Alles unecht! Alles!» Alfred stand mit verkniffener Miene vor der Terrassentür und meinte, die Spinnen auf der Terrasse wären alle echt. Alfred mag Spinnen nicht so, er findet sie so eklig, wie ich George Bush finde. Am allerekligsten finden wir die Vorstellung von einem George Bush mit acht Beinen.

Ich verscheuchte erst mal die Spinnen von der Terrasse. So viel zu unserem Anreisetag!

Unser zweiter Tag. Alfred war morgens gut gelaunt, bis er auf der Terrasse wieder Spinnen vorfand und rief: «Ich denk, du hast die verscheucht!» – «Dann werden es wohl andere sein!», rief ich und verscheuchte auch die neuen wieder.

Beim Frühstück redeten Alfred und ich uns so in Rage über das Boot, dass wir beschlossen, dafür zu sorgen, mit den Vermietern des sogenannten nicht viel zu tun haben zu müssen. Sonst würden die uns noch fragen, ob es uns denn gefiele ... was sollten wir dann sagen? Nein?

Die Vermieter kamen gegen Mittag.

«Bereit?», fragte ich Alfred. Alfred nickte. Ein Mann und eine Frau kamen und flöteten: «Klopf, klopf!»

Da hatten wir es doch schon wieder! Sie sagten «Klopf, klopf» und klopften gar nicht, sie sagten Boot, und es war gar keins.

«Hallo!», sagte Alfred monoton, aber freundlich.

«Hallo!», sagte auch ich, ebenso monoton, aber freundlich. In der Hand hatte ich meine Schachtel Zigaretten, die ich der Frau entgegenhielt: «Die musst du mir einteilen.»

«Hallo!», sagte Alfred wieder.

Ich hielt drei Finger hoch und sagte: «Jeden Tag, ähm ...» Ich schaute meine drei Finger an und versuchte, verschmitzt zu grinsen.

«Jeden Tag mehr als drei, darf ich. Ja, mehr als drei, denn

drei sind ganz schön wenig. Da!» Ich gab der Frau die Schachtel Zigaretten.

«Hallo!», sagte Alfred, und dann probierte er ein neues Wort.

«Sascht!», sagte er und dann wieder «Hallo!».

«Darf ich meine Hand in deine Frösche stecken?», fragte ich den Vermieter. Er antwortete sehr stockend und immer wieder seine Frau anblickend, dass ich meine Hand nicht in seine Frösche stecken dürfe.

«Schade!», sagte ich.

«Hallo!», sagte Alfred, und dann zählte Alfred ganz viel Sorten Sascht auf: Apfelsen-sascht, Bananarinen-sascht, Orangananansascht, Johannispeter-sascht ...

Die Vermieter bekamen deutlich ein Problem mit der Frage, ob sie uns siezen sollten. Sie blieben beim Sie, pressten es aber unter Anstrengung heraus. Es muss ihnen so komisch vorgekommen sein wie einem normalen Menschen, wenn er zu einem Schuppen, sagen wir mal, BOOT sagen soll.

«Wo sind denn Ihre Aufsichtspersonen?», fragte der Mann.

«Wir sind unsere Aufsichtspersonen!», jubelte ich und patschte die Hände zusammen.

«Hallo!», sagte Alfred.

«Ich passe auf ihn auf, und er passt auf mich auf», erklärte ich. Die Vermieter nickten sehr langsam. Dann erzählten sie, dass uns verschiedene Dinge zur Verfügung stünden, die wären im Schuppen, denn neben dem Schuppen, der ja angeblich ein Boot war, gab es noch einen richtigen Schuppen, der auch Schuppen genannt wurde, nicht Hubschrauber. Das Größte war, in dem Schuppen sollte ein Paddelboot sein, ein Paddelboot, ein richtiges Paddelboot, kein Paddelschuppen.

Ich lachte ausgelassen. Alfred auch. Die Vermieter sagten so was wie, ihre Milch würde anbrennen, das Fahrrad könnte umfallen, sie müssen jetzt aber mal, na dann.

«Meine Zigaretten!», erinnerte ich. Ich hielt wieder drei Finger hoch und sagte: «Fünf Stück!»

Die Frau gab mir fünf Zigaretten, und weg war sie.

An dem Tag haben wir sie nicht nur das erste Mal, sondern auch das letzte Mal gesehen. Jeden Morgen lagen meine fünf Zigaretten auf dem Küchenfensterbrett.

Natürlich machten wir auch Ausflüge nach Rheinsberg. Wir mussten ja Essen kaufen und Sascht und Zigaretten, denn ich dachte ja gar nicht daran, nur fünf Zigaretten am Tag zu rauchen. Rheinsberg ist so dermaßen öde, kein Wunder, dass Kurt Tucholsky dort so viel geschrieben hat, was anderes gab es einfach nicht zu tun. Ja, das Schloss ist schon ganz nett. Es war der Wochenendsitz von irgendeinem Adelsknilch, und für 'ne Datsche ist das Ding wirklich nicht schlecht.

Dann gibt es in Rheinsberg noch eine große Keramikmanufaktur. Die stellen halt Teller und Tassen her, richtige Teller und Tassen, nicht etwa nur Schuppen, die aussehen wie Teller und Tassen. Aber das schönste Produkt der Keramikmanufaktur war das Hackepeterschwein: ein Schälchen in Form eines Schweins mit offenem Rücken. Das Schwein schaut freundlich, und auf seinem Bauch steht «Hackepeter». Perverser und schöpfungsverachtender geht es ja gar nicht mehr – ich musste so ein Ding haben. Mein Bruder ist Vegetarier. Vielleicht kann er in dem Hackepeterschwein Tofu einlegen, dachte ich.

Mehr kann ich über Rheinsberg nicht erzählen. In unserem sogenannten stand im Bad die Wippfigur eines Ruderers, die, einmal angestoßen, eine Weile wippte und ruderte. Wenn wir beim Losgehen den Wippruderer anstießen, dann wippte und ruderte er noch, wenn wir zurückkamen. So klein ist Rheinsberg.

Wir verbrachten diesen Urlaub also eher mit Herumgammeln, Lesen und Naturbeobachten. Machen Hummeln eigentlich den Mund auf, wenn sie summen? Wir haben es nicht herausgefunden.

Abends spielten wir mit den Spielen, die als geselliges Freizeitangebot im Boot herumlagen. Es gab «Geschlechterkampf», allerdings erst ab vier Mitspielern. Aber wo vier Geschlechter herbekommen?

«Es gibt auch Kommunistenquartett», sagte Alfred.

«Cool!», fand ich. «Dann spielen wir Kommunistenquartett!»

«Nicht Kommunistenquartett, Komponistenquartett.»

«Schade!» Ich war enttäuscht.

Ich begann, die Spielanleitung durchzulesen, wurde aber immer wieder von Alfred gestört. «Ist Peter Tschaikowsky der Schwarze Peter?», fragte er und kicherte.

«Wenn ich Beethoven ausspiele, stoße ich dann bei dir auf taube Ohren?», fragte er weiter.

«Geht irgendwann das ganze Spiel den Bach runter?» Alfred kicherte.

«Sei ruhig! Ich will mir das durchlesen!»

«Darf ich auch ruhig sein und mal kurz in die Küche gehen?»

«Meinetwegen!», brummelte ich.

Alfred verschwand und knisterte herum.

«Was machst du denn da?»

«Na, nichts!»

«Du isst doch was!»

«Nein, nein!» Er klang wie ein Hamster aus der FDP, der für einen harten Winter vorgesorgt hatte. Ich ging in die Küche nachsehen.

Im Spülbecken lagen Nussschalen.

«Oh!», rief ich erbost. «Du hast vor mir Geheimnüsse! Mit so einem Lügner spiel ich nicht! Du Hackepeterschwein, du!»

Ich ging ins Bett und stellte mich beleidigt. Die Geheimnüsse waren mir schnurz. In Wahrheit hatte ich keine Lust, Komponistenquartett zu spielen. Die Spielanleitung klang total öde. So öde wie Rheinsberg.

Noch öder als Rheinsberg tagsüber war Rheinsberg abends. Am dritten Tag versuchten wir, abends spazieren zu gehen. Die Straßenlaternen mit Bewegungsmelder waren so überrascht davon, dass jemand an ihnen vorbeilief, dass sie immer erst blinzelnd angingen, wenn wir

103

schon zwanzig Meter weiter waren. Ja, huch, da war ja jemand.

Am letzten Morgen unseres öden Urlaubs in Rheinsberg waren wir selbst ganz öde. Wir waren wie die Straßenbeleuchtung von Rheinsberg geworden. Unsere Gehirne meldeten einen Gedanken erst, wenn er schon vorbeigelaufen war.

Die letzten zwei Tage hatte Alfred alle fünf Minuten seinen Zeigefinger angeleckt, ihn dann in die Höhe gehalten und die Uhrzeit angesagt. Ich hatte die meiste Zeit des Tages geschlafen, und wenn ich wach war, hatte ich Spinnenklingelstreich gespielt.

Ich hatte bei irgendeiner Spinne mit irgendeinem Stift an einer Ecke des Spinnennetzes geklingelt, hatte zugesehen, wie die Spinne in diese Ecke lief, und dann hatte ich «Klingelstreich» geschrien und war weggerannt.

Das war der ödeste Urlaub meines ganzen Lebens, und nächstes Mal fahren wir einfach wieder an die Ostsee.

Volker Klüpfel / Michael Kobr
URLAUB MIT ...

... Kluftinger

Kluftinger betrachtete aus rot geäderten Augen die Menschen. Einer von ihnen musste es sein. Nein, das war schon zu ungenau. Einer von ihnen war es.

Auch wenn sie jetzt, im Licht dieses sonnigen Morgens betrachtet, allesamt wirkten, als könnten sie kein Wässerchen trüben. Doch sein Beruf hatte ihn gelehrt, dass man den Menschen selten ansah, wozu sie fähig waren, welche Leichen sie im Keller hatten. Kluftinger seufzte angesichts dieser allzu häufig zutreffenden Metapher.

Der Kommissar biss missmutig in seine viel zu weiße, viel zu weiche Semmel und spülte sie mit dem «Kaffee» hinunter, einem braunen, lauwarmen Wässerchen, das freien Blick auf den Tassenboden gewährte. Dabei ließ er die anwesenden Männer nicht einen Moment aus den Augen. Nach einigen Augenblicken zog er irritiert die Brauen zusammen. Wieso eigentlich nur die Männer? Natürlich war es unwahrscheinlich, dass eine Frau zu solch grausamen ... Er schüttelte den Kopf, um den Gedanken zu verdrängen. Er hatte ihn schon zu lange beschäftigt. Die Ringe unter seinen Augen zeugten von nunmehr acht schlaflosen Nächten, die ihm die Sache bereitet hatte.

Dann rief er sich innerlich zu genauerem Hinsehen auf. Auch wenn es wahrscheinlicher war, dass er einen Mann suchte, es könnte ebenso gut eine Frau sein. Auch das hatte ihn sein Beruf gelehrt.

«Die Marmelade kann nix dafür.»

Irritiert blickte Kluftinger auf. «Was?»

«Die Marmelade.» Seine Frau Erika deutete auf seinen Teller.

Dort sah es tatsächlich so aus, als habe er einen tödlichen Kampf mit seinem Frühstück ausgefochten: Teile der Semmel lagen zerfetzt auf dem billigen Porzellan, dazwischen hatte die blutrote Marmelade unheilvolle Spuren hinterlassen. Er räusperte sich und schob sich unbehaglich auf seinem Stuhl hin und her. Wenn er sich so in einem Gedanken festfraß, verlor er manchmal die Kontrolle über seine Handlungen. Ein weiteres Zeichen dafür, wie wichtig ihm die Sache war.

«Schmeckt's dir denn nicht, Butzele?»

«Doch», brummte er und schob sich wie zur Bestätigung einen großen Bissen in den Mund.

«Herrschaft, jetzt schling doch nicht immer so», schimpfte Erika mit gedämpfter Stimme und ließ ihren Blick durch den Frühstücksraum wandern.

«Was jetzt», presste er mampfend hervor, «soll ich essen oder nicht? Kannst du dich mal entscheiden?»

«Gut, dann iss, aber sprich nicht mit vollem Mund.»

Kluftinger seufzte. Er wollte seine schlechte Laune nicht an seiner Frau auslassen, doch die machte es ihm nicht gerade leicht. Allerdings musste seine momentane Gereiztheit für sich ziemlich unerklärlich sein, schließlich hatte er ihr noch nichts von den Sorgen, die ihn gerade umtrieben, mitgeteilt.

Weniger aus Rücksichtnahme, wie er selbst zugeben musste, als vielmehr, weil er nicht wollte, dass sie es nur mit einem «Was du dir immer einbildest» abtat. Denn so einfach war es nicht, er hatte sich nichts eingebildet. Er würde denjenigen finden, der für seinen Zustand verantwortlich war. Oder diejenige, rief er sich noch einmal zur Räson.

Mit zusammengezogenen Brauen hob er den Blick. Gerade betrat ein untersetzter Mann mit ziemlich lächerlichen Dreiviertelshorts den Frühstücksraum. Er verstand diese Hosen nicht. Sie waren weder lang noch kurz. In seiner Jugend wäre man für so ein Beinkleid verhauen worden. Und das nicht nur, weil damals alle uniform in Allround-Lederhosen steckten. Heute wollte man den Leuten weismachen, dass es sich bei diesen Zwischendrin-Hosen um Mode handelte. Für wen? Für Menschen, die sich nicht entscheiden konnten? Klar, manchmal war auch er sich nicht sicher, ob er den Lodenmantel anziehen sollte oder ob doch der Trachtenjanker ausreichte. Der Entschluss, eine kurze Hose anzuziehen oder nicht, fiel ihm dagegen denkbar leicht: Er besaß gar kein solches Kleidungsstück. Seitdem ihn Markus vor ein paar Jahren beim Rasenmähen in seiner letzten Jeansshorts aus den Achtzigern gesehen hatte und ihn daraufhin fragte, ob er denn für Hot Pants nicht ein wenig zu alt sei, hatte er die kurzen Hosen samt und sonders ausgemustert und hielt sich seitdem an einen Grundsatz seines Vaters. Der hatte immer gesagt, dass Männerbeine dazu bestimmt seien, auf der Jagd zu rennen, allerdings der nach Tieren, nicht der nach Frauen. Kluftinger senior trug daher allenfalls Bundhosen aus Cord oder Leder mit den dazugehörigen Wadenstrümpfen, und so tat es Kluftinger von nun an ebenfalls.

Menschen in Dreiviertelhosen war also jede Schlechtigkeit zuzutrauen. Der Mann, der sich jetzt über das karge Buffet hermachte, war also mit ziemlicher Sicherheit der Gesuchte.

Wer sollte es auch sonst sein? Etwa das Damenduo in den Siebzigern, das sich am Nebentisch lautstark über Verdauungsprobleme und deren Lösung mittels Leinsamen unterhielt?

Schon eher das irgendwie grau wirkende Paar gegenüber, das sich jeden Morgen eine geschlagene Stunde lang anschwieg, stoisch eine Semmel nach der anderen in sich hineinschlang, um sich danach vier davon in Servietten einzupacken, bevor es in Richtung Ausgang schlurfte, sicher einem überaus fröhlichen Tag entgegen? Kluftinger hatte den Mann, dessen Schultern etwa so freudlos herunterhingen wie seine Mundwinkel, für sich Heinz-Günther getauft, auch wenn er damit all den lebenslustigen Heinz-Günthers vielleicht unrecht tat. Jedenfalls hätten diese beiden mit ihrem Schleichgang leicht unbemerkt in das Zimmer neben seinem hinein- und wieder herauskommen und somit für das schreckliche nächtliche Szenario verantwortlich sein können. Was immer dort vorging, wer oder was auch immer daran beteiligt war, er musste es herausfinden. Warum hatte er nie eine Putzfrau dort hineingehen sehen, warum war nie ein Fenster offen, nur eben nachts, und warum brannte nie Licht?

Oder war es gar die Mittsechzigerin, die nebst braun gebranntem Freund – gut und gerne fünfzehn Jahre jünger – jeden Morgen in Radlerklamotten erschien und sich lautstark über den fehlenden Parmaschinken beschwerte, um dann den ganzen Tag in ihrem Sportdress auf der Liege im Garten zu fläzen und auf die Rückkehr ihres «Botho-Herzchens» zu warten?

Wenn er sich die Gäste hier so betrachtete, fragte er sich schon, ob er nicht einmal Erika nachgeben und seinen Urlaub von Südtirol in eine Region mit etwas weniger betagten Reisenden verlegen sollte. Nordsüdtirol vielleicht oder einfach nur Tirol. Aber ob es dort besser war? Vielleicht würde auch schon der Wechsel aus der Frühstückspension Rosa in ein Zweisternehotel helfen. Andererseits kannte man ja gerade von Luxushotels die schlimmsten Geschichten: Diebesbanden, die nachts in die Zimmer einstiegen, brutale Morde samt abgeschnittenen Fingern, um an die Ringe zu kommen, Entführungen ...

«Gehen wir jetzt heute mal wandern?», unterbrach Erika seine Überlegungen.

«Schon wieder? Wir waren doch erst ...» Er dachte nach, kam aber nicht auf den genauen Tag, «... neulich!»

«Vor sechs Tagen, um genau zu sein.»

Kluftinger schluckte, das war für einen Aufenthalt in einem Wanderhotel wirklich keine gute Quote.

«Weißt du, ich kenn mittlerweile die Boutiquen hier im Dorf in- und auswendig», fuhr sie fort, «und ich fahr doch nicht in den Urlaub, um nur dauernd auf dem Bett rum-zuliegen und zu lesen oder zu dösen! Und immer bin ich bloß allein unterwegs. Wenn das so ist, dann können wir auch gleich wieder heimfahren, da hab ich wenigstens was zu tun!»

Sollte er ihr endlich sagen, was ihn so beschäftigte? Ihr den Grund nennen, weshalb er morgens nicht aus dem Bett kam und abends nicht einschlafen konnte? Worum sich seine Gedanken den ganzen Tag drehten? Nein, er wollte den Fall erst lösen, das verlangte seine Berufsehre.

Wieder blickte er zum Buffet. Dort war gerade ein neuer Gast eingetreten. Ein unglaublich dicker Mann, dessen Anwesenheit hier in der Aktivpension sich Kluf-tinger noch weniger erklären konnte als seine eigene. Auch wenn der Mann diese neumodischen Trekkingsandalen trug – in Kluftingers Augen das Schuh-Äquivalent zur Dreiviertelhose –, glaubte er nicht, dass er sich häufiger auf ausgedehnte Wandertouren begab. Andererseits wollte er ihn auch nicht wegen seiner Körperfülle diskriminieren, gerade Kluftinger lag das völlig fern. Er seufzte. Er musste sich eingestehen, dass er keinen Anhaltspunkt hatte. Keinen einzigen.

Plötzlich lachte die eine der beiden Damen am Nebentisch mit einem Grunzlaut auf. Kluftingers Kopf fuhr so schnell herum, dass sein Nacken knackste und er einen stechenden Schmerz spürte.

Also doch eine Frau!

«Ist was?», fragte Erika.

Ja, und ob etwas war. Er glaubte, die Fährte aufgenommen zu haben. Jetzt galt es nur noch, die Zimmernummer der Frau herauszufinden, um seine Annahme zu verifizieren. Er warf seine Serviette auf den Boden und robbte sich beim Aufheben so nah wie möglich an den Nachbartisch heran. Dort befand sich jedoch kein Schlüssel. Allerdings hatte er wohl etwas zu lange vor dem Tisch auf dem Boden gekniet, denn die beiden Frauen rutschten nun mit empörten Blicken von ihm weg. Er hätte ihnen gerne zu verstehen gegeben, dass Damen in ihrem Alter nun wirklich nichts von ihm zu befürchten hatten, aber das hätte seine Ermittlungen wohl kaum erleichtert.

Wenn sie den Schlüssel nicht bei sich hatten, hatten sie ihn wohl an der Rezeption abgegeben, vermutete er. Er entschuldigte sich knapp bei seiner ratlos dreinblickenden

Frau, um das zu überprüfen. Wenn die beiden das Zimmer neben ihm hatten, dann hatte er die Verursacher ausgemacht, dann konnte es keine andere Erklärung geben. Denn dieses Grunzen...

«Sie möchten wissen, in welchem Zimmer die beiden älteren Damen wohnen? Und warum, wenn ich fragen darf?»

«Wissen Sie, ich ...», setzte der Kommissar zu einer Rechtfertigung an, wurde aber von seinem Gegenüber unterbrochen.

«Sie sind der Herr aus 15, oder?», fragte der Portier – wobei dieses Wort für den beleibten Mann in dem zu knappen Schweißflecken-T-Shirt etwas übertrieben schien.

«Ja», antwortete Kluftinger knapp.

«Ich glaube, ich muss mich bei Ihnen entschuldigen», fuhr der Mann fort. Nun hatte er die Aufmerksamkeit des Kommissars.

«Sie? Warum?»

«Na ja, meine Frau hat mich rausgeschmissen, die hat's nicht mehr ausgehalten nachts», begann er und rieb sich dabei unbehaglich den fleischigen Nacken. Kluftinger hatte noch keine Ahnung, wohin dieses Gespräch führen würde, und lauschte gespannt.

«Jedenfalls hab ich mir, weil ich nicht wusste, wohin ich sollte, ein Zimmer hier im Hotel ... na ja, genommen. Die Chefin darf das nicht mitbekommen, die ist da ziemlich eigen.»

Kann man verstehen, dachte Kluftinger.

«Was ich sagen will: Falls ich Sie gestört haben sollte, ich meine...»

Plötzlich war Kluftinger alles klar. Es war keiner der Gäste gewesen. Natürlich, deshalb hatte er auch nie jemanden aus dem oder ins Zimmer gehen gesehen, deshalb war auch die Putzfrau nie gekommen. Deswegen hatte er den Zimmerbewohner nicht vor Ort zur Rede stellen können. Jetzt passte alles zusammen. Dennoch ließ er den Mann weiterreden.

«Na, ich schnarche ja manchmal ziemlich heftig. Mit Apnoe und allem, was dazugehört. Ich hoffe, ich habe Ihnen dadurch keine durchwachten Nächte bereitet.»

Kluftinger sackte förmlich in sich zusammen.

«Nein, nein, keine Sorge», entgegnete er und wischte kraftlos mit seiner Hand in der Luft herum. «Ich hab einen Schlaf wie ein... Toter.»

Janne Mommsen

URLAUB MIT ...

... der MS Gala II

Als die schwanenweiße MS Gala II an einem späten Herbstabend im Hamburger Hafen die Leinen löste, setzte um sie herum ein mächtiges, dunkles Getute sämtlicher Ozeanriesen ein, das in der ganzen Stadt zu hören war. Das Deck war mit Lichtergirlanden geschmückt, am Kai spielte eine Newcomerband ihren aktuellen Hit, mehr als ein Dutzend Kamerateams filmten das Spektakel. Hier ging nicht irgendein Schiff auf Jungfernfahrt, sondern eines der exklusivsten überhaupt. Von der Größe her lag die MS Gala II mit hundertachtzig Passagieren irgendwo zwischen Luxusyacht und klassischem Kreuzfahrer. An Bord gab es nur First-Class-Kabinen, alle mit Balkon und Meeresblick, den Passagieren standen eine Bade-und-Sauna-Landschaft mit Pilatesangebot zur Verfügung sowie Chill-out-Lounges mit bequemen Couchen und entspannender Live-Musik, zwei Fitnessstudios, mehrere Bars und Restaurants mit seltenen Spirituosen und ausgesuchten Spitzenweinen. Es gab kaum einen Wunsch, der sich an Bord nicht erfüllen ließ, dementsprechend hoch waren die Preise.

Sandro Hupka stand unter den Passagieren auf dem Achterdeck, blickte auf die beleuchtete Stadt hinunter und fühlte sich einen Moment lang glücklich. Er fuhr umsonst mit, denn er hatte die Reise bei einem Preisausschreiben gewonnen. Eigentlich sollte seine Freundin Jasmin mitkommen, aber die war vor einer Woche ausgezogen. Das war nach vier Jahren vollkommen unerwartet für ihn gewesen, er hatte nicht geahnt, dass sie bereits seit einem Jahr etwas mit einem Kollegen gehabt hatte. Es kränkte ihn immer noch sehr.

Die MS Gala war noch keine Seemeile gefahren, da explodierte zu beiden Seiten der Elbe ein riesiges Feuerwerk in allen Farben und bildete am Himmel ein kilometerhohes Tor aus Blumen und Kringeln. Das Luxusschiff glitt in der Mitte hindurch, anmutig wie ein Hollywoodstar auf dem roten Teppich. Sandro war überwältigt und nahm es als Zeichen: Hinter diesem Tor begann der neue Lebensabschnitt nach Jasmin, und der sah prächtiger aus als alles zuvor in seinem Leben!

In einer halben Stunde sollte die Abendgala beginnen. Sandro betrat das kleine Theater, das bereits voll besetzt war. Es gab keinen Dresscode, was ihm sehr angenehm war, denn er besaß keinen Smoking. Alle liefen herum, wie sie wollten, die meisten in Jeans und T-Shirts. Künstler waren von der Reederei nicht angestellt worden, denn das Abendprogramm besorgten die Passagiere selbst. Immerhin war das Who is Who der deutschen TV- und Musikprominenz an Bord und wollte es zwei Tage lang so richtig krachen lassen: Die verwitwete Zwillingsmutter des ZDF-Montagsfilms tanzte mit dem Mörder des Freitagskrimis, der Tatort-Kommissar spielte Gitarre, und der Mafiaboss drosch genauso wild aufs Schlagzeug ein wie in seinem letzten Thriller auf den Verräter in den eigenen Reihen. Sandro fiel auf, dass selbst Leute, die mit zerrissenen Jeans aufkreuzten, teure Schuhe und Marken-Armbanduhren trugen. Außer dem rundbäuchigen 150-Kilo-Klops mit den schwülstigen Lippen, der zum grau glänzenden Anzug eine Mickymaus-Kinderuhr um sein fleischiges Handgelenk trug, was auch schon wieder etwas hatte.

Einen Moment lang war Sandro unschlüssig, zu wem er sich setzen sollte. Denn immer wenn er sich einem Tisch näherte, schauten die Leute kurz auf und dann schnell wieder weg, als wollten sie signalisieren: «Nicht zu uns, bitte.» Sie befürchteten wohl, dass er sie noch mal nach einem Autogramm fragen würde. Auf Wunsch seiner süßen achtjährigen Nichte hatte er einige Karten mitgenommen und beim Einchecken ein paar bekannte Schauspieler um ihre Unterschrift gebeten, was ein echter Fehler war. Die Autogramme bekam er zwar, aber er hatte deutlich gespürt, dass sie sich belästigt fühlten. Diese Jungfernfahrt war für die Prominenten eine Art Klassentreffen, sie wollten unter sich bleiben, da passte der kleine Angestellte eines Baukonzerns nicht hinein. Natürlich registrierte er auch, dass das Lächeln des Personals für ihn einige Zehntelsekunden kürzer ausfiel als für den Tatort-Kommissar oder den gutaussehenden Talkshow-Moderator.

Sandro beschloss, das Beste aus der Situation zu machen, und ließ sich in der Bar des Salons eine Flasche Champagner und ein langstieliges Glas geben. Dann zog er seinen Winteranorak über und verdrückte sich an eine Stelle des Seitendecks, die von den Lichtergirlanden am Achterdeck im Dunkeln gelassen wurde. Er hüllte sich in eine Wolldecke und machte es sich auf einem der Liegestühle mit seinem Schampusglas bequem. Genüsslich atmete er die frische Meeresluft ein. Unter ihm tobte die Nordsee, die weißen Schaumkronen auf den Wellen zogen sich im Mondlicht hin bis zum Horizont, allein dieser Moment war für ihn der Hauptgewinn!

Nach einer Weile bemerkte er, wie sich eine Frau nicht weit von ihm entfernt an die Reling stellte und eine Zigarette rauchte. Ihr Gesicht war im Halbdunkel nicht zu erkennen, weil sie auf die See schaute. Sie hatte nicht gesehen, dass er fast direkt hinter ihr auf der Liege lag. Plötzlich kam der fette Klops mit der Mickymaus-Uhr um die Ecke und stellte sich neben sie. Sandro wusste sogar, wer er war, kam aber nicht auf seinen Namen: Vor ungefähr zwanzig Jahren war er mit seiner Trompete ein Volksmusik-B-Star gewesen, Sandros Großeltern hatten eine CD von ihm besessen, die er nach deren Tod für fünfzig Cent auf dem Flohmarkt losgeworden war. Jetzt fiel Sandro sein Name wieder ein, Karli. Er feierte gerade ein großes Comeback, weil er sich mit einem berüchtigten Rapper zusammengetan hatte: Gangsta-Rap trifft blaue Berge, das war so absurd wie erfolgreich.

Karli zauberte einen Flachmann aus seinem Jackett.

«Na?», lachte er die Frau an.

«Na», gab die missmutig zurück.

«Jetzt bin ich langsam mal an der Reihe, oder was meinst du?», zischte Karli geifernd. «Ich warte schon viel zu lange.»

«Was wird das?», fragte sie genervt.

Statt einer Antwort drückte er sie gegen die Reling und zog ihr dabei mit seinen fleischigen Fingern an den Ohren. Komischerweise brauchte Sandro eine Sekunde, um zu verstehen, was da ablief. Dann schnellte er aus seinem Liegestuhl hoch. Sowohl die Frau als auch Karli schraken zusammen; sie hatten nicht damit gerechnet, dass jemand sie beobachtet hatte. Sandro raste auf den Klops zu und trat ihm mit aller Kraft in die Seite. Das federte der ab wie nichts. Er glotzte Sandro dumpf an, ein weißer Speichelfaden lief ihm aus dem rechten Mundwinkel.

Gemeinsam mit der Frau schaffte Sandro es, Karli zur Seite zu reißen. Nun stand der Klops mit dem Rücken zur Reling und wehrte sich mit wilden Schlägen. Seine Kraft war enorm, selbst zu zweit konnten sie ihn kaum im Zaum halten. Sandro half der Frau drücken, der Klops fuchtelte mit den Armen in der Luft herum, während sich sein Oberkörper Zentimeter für Zentimeter nach hinten bog. Sandro und die Frau merkten gleichzeitig, wie sein Widerstand plötzlich nachließ. Sie ließen los und sprangen zur Seite.

Der Klops verschwand über der Schiffskante, er schrie nicht mal, als er ins Dunkel hinabglitt. Das ging so schnell, als sei es gar nicht geschehen.

«Alles okay?», fragte Sandro.

«Hast du zufällig was zu trinken?», flüsterte die Frau heiser und zog sich die Hosen glatt. Sie wirkte erstaunlich beherrscht. Sandro reichte ihr seine Champagnerflasche, aus der sie einen kräftigen Schluck nahm. Über die Flasche hinweg fixierten ihn zwei neugierige hellblaue Augen. Im Halbdunkel konnte er die Frau nun deutlicher erkennen, sie war schätzungsweise Anfang dreißig, also in seinem Alter, trug einen dunkelgrauen, eleganten Hosenanzug und eine weiße Bluse. Sandro fragte sich, warum sie nicht fror in ihrem dünnen Kostüm, in seinem Anorak kam er sich vor wie das letzte Weichei.

«Du warst die charmante Frau an der Rezeption», fiel ihm plötzlich ein.

«Lass mal stecken», antwortete sie mit zickigem Ton. «Ich bin frisch getrennt und suche niemanden.»

Das war eine reichlich unpassende Ansage, fand er. Aber gegenüber jemandem, der seine Reise bei einem Preisausschreiben gewonnen hatte, konnte man sich eben ungestraft gehen lassen. Sandro schaute genervt auf die See, die immer lauter wurde, und auch die MS Gala II schwankte jetzt heftiger.

«Ich auch nicht», murmelte er, was gelogen war. Nach der Trennung von Jasmin würde er sofort etwas mit einer anderen anfangen – wenn es passte, natürlich.

«Sorry, das war nicht nett von mir», sagte die Frau etwas sanfter. «Ich bin übrigens die Jana.»

«Ich bin...»

«Sandro Hupka aus Hamburg-Barmbek», unterbrach sie ihn, «Controller bei der Skanska AG, zweiunddreißig Jahre alt.»

«Hast du jeden Passagier im Kopf gespeichert?», staunte Sandro.

Jana lächelte: «Das ist mein Job.»

Nach dem missglückten Auftakt wurde es nun doch noch sehr lustig. Jana erzählte von dem frommen Eigner des Schiffes, der vor jedem Essen betete, aber schon beim Frühstück Whisky trank. Als Sandro das einzig Exotische an seiner Person erwähnte – er war auf der Nordseeinsel Helgoland geboren –, juchzte Jana begeistert auf: Auch sie war ein Inselkind, sie kam von Juist. Beide waren also vertraut mit der See. Ohne dass sie darüber reden mussten, waren sie sich einig: Mit einem Alarm wegen Karli hätten sie eine Riesensuchaktion ausgelöst, die nachts und bei Sturm auf hoher See sinnlos gewesen wäre und nur Zeit und Geld gekostet hätte. Die Folge wäre eine aufwendige

125

Ermittlung mit Polizisten, Staatsanwaltschaft, Richter und Gutachtern gewesen, das musste wirklich nicht sein.

Der Sturm wurde immer stärker, und Jana wurde es auf einmal schlecht. Sandro führte sie an die Reling, wo sie ihren Mageninhalt dem Meer übergab, während er sie fürsorglich festhielt.

Keiner von beiden hatte den dünnen, älteren Mann im Smoking bemerkt, der sich ihnen von hinten genähert hatte und sie nun hämisch angrinste: «Ich bin der Manager von Karli.»

Sie drehten sich um. Der starke Wind blies die weiße Mähne des Mannes nach allen Seiten.

«'n Abend», sagte Sandro erschrocken.

«Ich habe euch gesehen!», sagte der Mann, der einen Kopf größer als Sandro war.

Jana versuchte es auf die Lockere, obwohl ihr immer noch übel war: «Kein Wunder, wir sind ja schon seit Hamburg an Bord.»

Der Mann verzog das Gesicht. «Ihr habt Karli über die Reling gestoßen.»

«Quatsch!», protestierte Sandro empört.

Jetzt fingerte der Mann sein Handy aus der Tasche und hielt es grinsend hoch: «Ich war ein Deck über euch. Es ist alles auf der Handykamera!»

«Was wollen Sie?», keuchte Jana.

Der Mann stierte sie lüstern an: «Dich!»

Sandro überlegte nicht lange, sondern versuchte dem Mann das Handy aus der Hand zu schlagen, was misslang.

Also packte er ihn am Kragen und drückte ihn gewaltsam gegen die Reling. Der Mann war stärker als gedacht, Sandro hatte ihn gerade so im Griff. Jetzt war es an Jana, seine Füße zu nehmen und ihn über Bord zu hebeln, was sie ohne zu zögern tat. Im Gegensatz zu Karli schrie der Mann laut, aber nur ganz kurz, bevor er unten auf dem Wasser aufschlug.

Jana und Sandro schauten sich fragend an. Dann warf sie sich ihm um den Hals und küsste ihn wild, anschließend rasten sie in ihre Kabine und fielen wie Wahnsinnige übereinander her.

Am nächsten Morgen war das Sturmtief weitergezogen, und die Nordsee präsentierte sich wie ein flacher Teich, in dem sich der tiefblaue Himmel spiegelte. Die Gala II war vor der Insel Sylt vor Anker gegangen. Eine ungewöhnlich warme Herbstsonne beleuchtete die endlosen Strände mit den Dünen und ließ sie wie eine Filmkulisse aus einem fernen Land erscheinen. Die Promis ließen den Alkohol an Deck ausdünsten, gingen ins Fitnessstudio oder in die Sauna, einige ließen sich massieren, andere lagen einfach nur dumpf in der Lounge und schnarchten laut zur Live-Musik. Sandro schlief bis zum Mittag in Janas Kabine und hatte nach dem Aufwachen trotz des prächtigen Wetters keine Lust, sich unters Volk zu mischen. Stattdessen ließ er sich ein englisches Frühstück in seine Kabine bringen und zappte sich durchs bordeigene DVD-Programm.

Gegen Abend wurde von der Backbordwand eine Leiter heruntergelassen, um die Passagiere in kleinen Gruppen auszubooten. In Sandros Boot saßen der fromme Reeder und zwei Filmschauspielerinnen, deren Namen ihm wieder mal nicht einfielen, die anderen kannte er nicht. Die Männer grölten: «Alle die mit uns auf Kaperfahrt gehen», und die Frauen stimmten lachend mit ein. Den dicken Karli und seinen Manager vermisste zum Glück noch niemand. Die Meute zog vom Strand grölend weiter zum schicken Dünenrestaurant Sansibar. Jana musste laut Anweisung ihres Chefs beim Boot bleiben.

«Nachher am Strand?», flüsterte sie ihm leise zu und deutete Richtung Norden. Sie hatte schon geahnt, dass Sandro keine Lust hatte, mit den Promis in die Sansibar zu gehen. Sandro nickte, zog seine Schuhe aus und stapfte los. Am liebsten hätte er sie sofort geküsst, aber vor all den Leuten wäre das nicht gut gewesen, sie war schließlich im Dienst. Das hatte Zeit, bis sie nachher allein waren. Der Sand unter seinen Füßen war kühl und massierte angenehm seine Haut. Nach ein paar hundert Metern ließ er sich in den Sand fallen und schloss die Augen. Für Mitte September war es immer noch erstaunlich warm.

Eine Dreiviertelstunde später kam Jana. Sie setzte sich neben ihn und zauberte eine Champagnerflasche und zwei Gläser aus ihrem Rucksack, die sie aus der Bordbar hatte mitgehen lassen.

«In zwei Stunden muss ich wieder zurück», sagte sie und köpfte den Champagner. Die riesige knallrote Sonne berührte am Horizont die Meeresoberfläche. Sandro beugte sich vor, um Jana zu küssen, doch sie schob ihn sanft zurück.

«Es tut mir leid, aber ich habe es dir von Anfang an gesagt, Sandro: Ich brauche meine Unabhängigkeit!»

«Fühlst du dich bedrängt von mir?», fragte er verständnislos und trank sein Glas in einem Zug leer.

Jana schüttelte den Kopf.

«Du kannst nichts dafür. Aber die Ereignisse von gestern ketten uns viel zu fest zusammen.»

Sandro lachte tapfer. «Das kann ich leider nicht mehr rückgängig machen.»

«Ich bin dir ja auch echt dankbar. Weißt du, Karli hatte mir vor einem halben Jahr 40 000 Euro geliehen, und die wollte er nun wiederhaben. Eigentlich hatte ich sie nämlich nur für eine Woche von ihm bekommen ...»

Sandro brauchte ein paar Sekunden, bis das bei ihm angekommen war.

«Ihr kanntet euch?»

Jana lächelte.

«Ich bin sein Patenkind.»

«Und was ist mit der Kohle?»

«Verzockt. Aber durch deine Mithilfe hat sich das zum Glück ja erledigt.»

Der Champagner stieg Sandro schneller zu Kopf, als er es gewohnt war, ihm wurde beängstigend warm. Zudem pumpte sein Herz immer heftigere Warnsignale ans Stammhirn, irgendetwas stimmte da nicht!

«Du würdest immer wieder angekrochen kommen», sagte Jana. «Und wenn ich nicht mehr mitspiele, gehst du zur Polizei.»

«Neiin», lallte Sandro undeutlich.

Jana wusste, dass Sandro sie inzwischen nur noch wie durch einen Zerrspiegel sehen konnte. Ihre vier Semester Medizin waren zwar nicht viel gewesen, aber dafür reichte es. Das Mittel hatte sie beim Schiffsarzt geklaut.

«Hast du etwas in den Champagner getan?», nuschelte Sandro.

Es war das Letzte, was Sandro Hupka in seinem irdischen Leben von sich gab.

Seine Leiche wurde einen Tag später von einem Spaziergänger am Strand gefunden. Die Obduktion ergab, dass er an der Überdosis eines starken Herzmittels gestorben war, das er in seiner Jacke bei sich getragen hatte. Seine ehemalige Freundin Jasmin bestätigte bei der Kripo die Vermutung, dass er nach der Trennung von ihr hoch depressiv gewesen sei.

Die hochgewachsene Promi-Blondine Daniela K., die Sandro nicht einmal wahrgenommen hatte, nutzte ihre Chance und behauptete vor laufenden Kameras weinend, dass sie noch am Abend zuvor lange mit Sandro über seine Probleme geredet und ihm Mut gemacht habe. Auf Sandros Beerdigung trug sie den größten Kranz und wurde später zu einer Talkshow mit dem Thema «Depression – die unterschätzte Volkskrankheit» eingeladen.

Volksmusiker Karli und der Filmproduzent Johannes M. wurden übrigens bis heute nicht gefunden, die Strömung hatte sie vermutlich weit auf den Nordatlantik hinausgetragen.

Jana wechselte nach der Jungfernfahrt an Bord der AIDA-Flotte, des beliebtesten deutschen Kreuzfahrtunternehmens. Reisen damit sind dort buchbar im Internet und in jedem deutschen Reisebüro.

Tex Rubinowitz

URLAUB MIT ...

... Esel

When she's on her best behaviour
Don't be tempted by her favours
Never turn your back on mother earth
Ron Mael

Wenn man müde ist, müde von den gonokokkengesichtigen Weißclowns um einen herum, von den Lauten, den Zudringlichen, den Ahnungslosen, den Tätowierten, den Distanzlosen, den Schlechten, wenn kein Mensch mehr übrig bleibt, der einem Trost spendet und guten Rat verkauft in gottfernen Zeiten, wenn aus allen Gefäßen nur noch hohle Töne wie die Rufe einer Eule aus einer metaphysischen Stechpalme dringen und auch die bewundernswerten Ameisen und Wespen, die gelungensten Lebensformen hier auf unserem dreckigen Erdklumpen, einem nicht mehr weiterzuhelfen vermögen, dann muss man sich umschauen, wer da noch übrig bleibt. Wer bleibt da noch übrig?

Ein Lied in einem imaginären Radio bringt einen auf den

sprichwörtlichen Trichter, «The Donkey Serenade» von Rudolf Friml, jemand, nennen wir ihn mal Mario Lanza, singt einer schönen Frau ein Lied, aber der ist das egal, sie snobbt ihn ab. Also singt er es einem Esel vor, und da steht es plötzlich, das trostspendende Tier. Warum war man nicht früher draufgekommen? Man muss immer sofort zum Esel gehen, jeder sollte für sein Seelenheil jederzeit über einen Esel verfügen.

Nur mal eine Gedankenkapriole: Man hundertstele die Zahl der Hunde und verhundertfache die Esel auf Erden, dann gäbe es von den einen immer noch zu viele und von den anderen zu wenig, aber es wäre schon einmal ein richtiger Schritt getan, jener in Richtung Weltverbesserung. Denn ein Esel kläfft nicht und knurrt nicht, er stinkt nicht und ist nicht devot, ein Esel führt keinen Krieg, er beißt nicht, er steht nur da, so wie es ihm frommt, und wenn er gehen will, dann geht er, und wenn nicht, nutzen Klagen, Locken und Strafen nicht, du kannst ihn nicht erobern, er zeigt einem, wer der Chef ist, und wenn man mit einem Esel wandert, wandert nicht er mit einem, sondern man wandert mit ihm. Der Esel führt. Er ist nicht so hypernervös wie ein Pferd, auch kann ihm, anders als dem Fahrradschlauch, nicht die Luft ausgehen. Ein Esel ist der bessere Mensch. Ein Hund oder ein Pferd oder ein Fahrrad sind nur willfährige Idioten. Lasst uns mit dem Esel reisen, und wir reisen zu uns selbst. Innere Kriege werden befriedet, unsere Körper von innen mit Samt ausgeschlagen, so einen Schwachsinn denkt man dann und wann, wenn man an seinem Esel zerrt oder ihn fluchend schiebt, weil er sich aus einem unerfindlichen Grund weiterzugehen weigert, vielleicht ist ihm auf diesem Streckenteil einmal etwas passiert, Traumakonfrontation interessiert ihn einfach nicht, Dr. Freud hätte keine rechte Freude mit ihm. Kuhherden mögen die Esel übrigens eigenartigerweise auch nicht, diese lieben, friedlichen Kühe, da muss wohl auch mal etwas vorgefallen sein, dass sich das genetisch eingebrannt hat.

Wer eine Eselwanderung machen möchte, für den gibt es ein paar Anbieter, nicht viele, in Frankreich einen in den Cevennen, auf den Spuren Robert Louis Stevensons (*Travels with a Donkey in the Cévennes,* 1879), man kann natürlich auch auf dem Jakobsmuschelweg eselbegleitet werden, so wie man ihn vermutlich auch auf Stelzen gehen kann, also wirklich, das muss nicht sein, und die vielleicht schönste Strecke bieten Saskia Steigleder und ihr Freund Giuseppe an, und zwar im Bergdorf Goriano Valli, dreißig Kilometer von L'Aquila. Das ist in den Abruzzen und insofern eine praktische Gegend, weil sie in Italien liegt und man naturgemäß keinen Mitwanderern begegnen muss, weil Italiener ja bekanntermaßen nicht wandern können, sie haben einen erblichen Gehdefekt, spazieren gut, schlendern auch, wandern nicht, soll so sein, ich und mein Esel begrüßen das.

Bevor man mit dem Esel losgeht, muss man erst einmal eine Art Führerschein machen, Bürsten, Hufe auskratzen, Packtaschen effizient befüllen und satteln, mein Esel ist eine Dame namens Daphne, ihr Sohn Uwe kommt mit, der braucht nichts zu tragen, der ist gerade in der Pubertät, ist ein bisschen nassforsch, tänzelt und rennt vor und zurück und rempelt seine Mutter.

Die erste Etappe geht drei Stunden einen Berg hinauf, in einer Wolke von Fliegen und Bremsen, die ausgerechnet nur die Mutter attackieren, ausschließlich an Hals und Kopf, und da erweist sich, was für nutznießende Satansbraten eigentlich Fliegen sind (wenn es die Möglichkeit gäbe, ein einziges Gesetz zu installieren, weltweit, dann würde ich verbieten, dass sich Hautflügler an Huftieraugen versammeln dürfen, Huftiere! Sie gehen ihr ganzes Leben auf Zehen- und Fingernägeln!). Die Bremsen öffnen die Haut, dass Blut fließt, in welches sich dann die Fliegen setzen und möglicherweise Eier legen, aber dafür hat man dann einen Wedelast, und der erweist sich als ein idealeres Werkzeug, den Esel anzutreiben, als eine Gerte, denn wer schlägt schon gerne ein Tier? Der Esel merkt, da nimmt jemand Anteil, der wedelt mir die Biester vom Hals, er sorgt sich um mich, da tu ich ihm den Gefallen und bewege mich. Wenn indes eine Bremse so unklug war, sich dem Esel auf die Lippen zu setzen, wird sie einfach eingeleckt und zermalmt, das ist für ihn offenbar so etwas wie für uns eine Erdnuss.

Die Etappe endet im Agrotourismo von Maria Battistelli in Caprociano, da werden die Esel in ein Gehege mit Rieseneseln (groß wie Pferde) geparkt, denen man die Hufe nicht pflegt, das sieht sogar der Laie, sie sind lang und spitz und sehen aus wie High Heels. Daphne und Uwe verdrücken sich in eine Ecke, ich bringe ihnen noch Eichenlaub und Eicheln, das knabbern sie offenbar noch lieber als Bremsen.

Maria Battistellis Herberge, das Haus, jeder Raum ist bis in den letzten Winkel mit Schnickschnack und Krimskrams, nun ja, gefüllt wäre eine Untertreibung, man weiß nicht, ob nicht das Zeug mittlerweile das Haus hält, und was sie dann auftischt, will niemals enden, elf Gänge, Trüffel, Wildschweinpappardelle, Karnickel, Hammelbeine, Essfolter, und an allem Safran, der blüht hier überall. Im Fernsehen läuft eine Dokumentation über Schiffslacke, die das Faulen von Schiffsrümpfen verhindern sollen, ich gehe vor die Tür und rauche eine Italo-Svevo-Gedächtniszigarette.

Dann sackt man in die Federn, alles bedruckt mit Katzen, die einen anstarren, Plüschkatzen, Garfield, Tapetenkatzen, Figuren, Figurinen, Hunderte, vielleicht gibt es im Haus noch andere Tierthemenzimmer, Esel möglicherweise. Nach steinernem Schlaf, während dem man überraschenderweise von Donald Duck geträumt hat, bekommt man am nächsten Morgen ein dickes Lunchpaket mit vier exquisiten Speckbroten, groß wie tektonische Platten. Daphne wird bepackt, drängend umtändelt von Uwe, eine traumhafte Strecke folgt, man kommt durch Bominaco, in der Kirche eine Hochzeit, man lässt die Esel auf dem Friedhof stehen und lauscht dem Kantor. Er spielt Ennio Morricones Hauptthema aus dem Film «Spiel mir das Lied vom Tod», ein Frau singt dazu markerschütternd.

139

Die Orte, durch die man trabt, sind teilweise durch das Erdbeben von 2009 in Mitleidenschaft gezogen worden, und auch wo das nicht der Fall ist, sind die Jungen fortgezogen, die jahrhundertealte organische Bausubstanz bleibt den alten Frauen und Katzen überlassen und dem Schimmel und dem Moos, alles vergammelt, bedrückende Hoffungslosigkeit, die Zeit, die Zerstörerin aller Dinge, leistet hier sichtbare Arbeit. Die hilflosen Feuerwehrleute, die geholt worden sind, um all das vom Erdbeben Ramponierte irgendwie zu retten, legen Gurte um die wackligen Wände der Ruinen und wissen dabei offenbar selbst nicht, was das soll. Warten sie darauf, dass alles von selbst wieder zusammenwächst?

Man wandert um die Städte herum einen phantastischen Hügel hinan, durch verbrannte Wälder, die Bäume stehen da wie Geisterkrallen inmitten sprießenden Grüns, die Natur kommt zurück, oben auf dem Monte Sirente eine Atmosphäre wie in «Satan der Rache» von Antonio Margheriti, eine kleine Kapelle, im Gästebuch auch Einträge anderer Eselwanderer, Daphne und Uwe waren offenbar schon öfter hier, aber auch ein Eintrag von einem, der bedauert, diesen schönen Fernblick nicht mit einem Esel teilen zu können. Immerhin, schreibt er, kommt er mit einer lästigen Fliege, die ihn hierherauf begleitet hat, na ja, ist ja auch ein Tier.

Der letzte Teil der Reise ist dann ganz besonders bezaubernd, ein Flüsschen, am Bahnhof von Beffi vorbei, über dem eine Libelle schwebt, die Strecke, dramaturgisch geschickt gesetzt, tut alles, um nicht in Vergessenheit zu geraten, es geht ans Abschiednehmen, Daphne kriecht einem mit ihrem weichen Maul unter die Achsel, so als wolle sie sich bedanken, dass man ihr die Bremsenplage abgenommen hat. Vielleicht will sie aber auch nur würzigen Mensch schnuppern so wie wir am Safrankelch, Uwe ist das alles egal, er bockt, schwingt die Hufe und springt im Kreis und über ein paar Hühner und rempelt ein Schaf.

Thomas Gsella
URLAUB MIT ...

... einem fliegenden Motorrad

Drei Dinge braucht der Mann, drei Dinge hatte ich. Erstens: mein sinnloses Lehrer-Examen im Sack mit einer immerhin scheißklugen Arbeit über den Jack Kerouac des Jugenstils, Rainer Maria Rilke. Zweitens: eine Nebenfrau, die mich liebte wie Peter Fonda seine Goldrandsonnenbrille, bedingungslos und treu bis in die dunkelsten Synapsen. Drittens: einen Bock. Keinen überheißen, okay, eine gebrauchte Honda CD 175, aber erst bei mir, so schien es, fühlte sie sich angekommen in der Welt. Sie war die erste Frau in meinem Leben, und ich nannte sie Janis, denn sie klang wie die echte. Janis hatte zwei Zylinder mit insgesamt 17 PS, sie glich es aus mit Neugier, Empathie und unbändiger Lebensfreude. Drei Jahre lebten wir zusammen, bevor sie mir unterm Arsch verrostete und starb, aber das ist eine andere Geschichte.

Meine Nebenfrau hieß Lea Annabel Sophie. Damals fing das an mit diesen Eltern, die alles daransetzen, dass ihre Kinder es mal schlechter haben als sie. Ihre erste Amtsmisshandlung ist die Wahl gehobener Vornamen. Seitdem Lea Annabel Sophie bis drei zählen konnte, dankte sie es ihren Eltern mit einer Mischung aus Trauer, Mitleid und Verachtung. In unserer ersten Nacht fragte ich sie, ob ich sie Finnja nennen dürfe. Sie bat mich, es einmal auf diese bestimmte Art zu sagen, ins Ohr, im Taumel, gehaucht. Als wir fertig waren, bejahte sie mit einem langen schmutzigen Kuss.

Finnja also. Auch sie war mit der Uni fertig. Vorm Examen hatte sie geschmissen, wie ich kannte sie Papiergeld nur vom Hörensagen, und so war Janis alles, was wir hatten. Abends gaben wir ihr was zu trinken, zum Dank fuhr sie uns ein paar Stunden durch die Städte und Brachen des Ruhrgebiets, das unser Zuhause war und das wir alle drei kannten bis in die letzten Feldwege. So blieb nichts übrig für Kino, Kneipe, Essengehen oder womit auch immer ärmere Pärchen sich eine Zeit vertrieben, die sie nicht zu füllen wussten. Wir sahen mehr Filme als sie alle zusammen, wir tranken den Fahrtwind, und wenn wir Hunger hatten, brachte Janis uns nach Hause, wo wir uns heiße Nudeln schenkten, an Feiertagen mit Ketchup. In einer dieser unendlichen Nächte war es, Mitte August, da baumelte mir Finnja eine in den Mund und fragte: «Kennst du die Ardèche?»

Kauend wackelte ich mit dem Kopf.

«Südfrankreich. Komm, Baby, wir fahren. Nimm Geld für Janis mit.»

Motorräder wurden erfunden, damit es Fahrzeuge gibt, bei denen sich zwischen Vorne- und Hintensitzenden weder Rückenlehne schiebt noch sonst was. Die Hintere hält den Vorderen umklammert, und so fällt erstens keiner runter, und so ist zweitens alles gut, ein endloser Liebesakt unter freiestem Himmel, und je wilder die Welt vorbeiflog, desto wilder schlug Finnja ihre Krallen in meine Brust. Der Mond war voll, die späte Nacht war leer und weit und warm, und Janis sang ihr helles Lied. Auch im fünften Gang krächzte sie wie nach frischem Whiskey, ab 110 klang es nach Stimmbandinfarkt. Als säßen wir im Auspuff. Unsere Helme waren vom Flohmarkt und ein bisschen dünn überm Ohr.

So bogen wir vor Holland auf die Landstraßen nach Süden und tauchten ab in die grünen Kurven zwischen Liège und Luxembourg. Janis fuhr jetzt achtzig, auf letzten Hustern verebbte ihre Heiserkeit, dann flog sie mit der Reinheit eines Glockenspiels dahin. Unsere Helme wurden zu Kopfhörern, wir drei verschmolzen zu einem Körper aus Klang, Berührung und Ewigkeit.

Ohne Arbeit und Berufsziel, ohne Geld und Sorgen flogen wir durch die Galaxis, und es sollte nie wieder aufhören.

Hörte es aber.

Die Sonne hatte ihren Tiefschlaf verlassen und träumte

blaues Morgenrot, da hingen wir von einem Augenblick zum andern in der Luft. Nicht, dass wir spürbar abgehoben hätten – es gab kein Unten mehr. Die Straße war weg. Sie war verschwunden. Beide Reifen drehten sich im Nichts. Kurz dachten wir, unsere Liebe hätte die Erde nun tatsächlich verscheucht und nichts würde mehr existieren außer uns und dem Universum: Janis, Finnja und ich, die letzten Lebenden und Liebenden.

Dann kam die Erde wieder.

Es war wirklich Erde. In einer Minute würden wir sie in unseren Händen halten, ein Gemisch aus Steinen, Sand, Lehm und Geröll, und uns lange wundern, dass wir lebten. Jetzt aber setzten die Reifen auf nach einem Flug, der uns fünfzehn Meter weiter und rund zwei Meter tiefer gebracht hatte, und wäre es ein x-beliebiges Motorrad gewesen, wir wären gestürzt, gerutscht, gestorben. Es war aber Janis. Meinen panischen Versuch, ihre Geschwindigkeit von achtzig augenblicks auf deutlich unter zehn zu drosseln, beantwortete sie mit einem so gelassenen Bremsen, als wüsste sie von ABS. Und obwohl meine Stiefel den Boden pflügten und herumfuchtelten wie besoffene Rodler, blieb sie kerzengrade, quietschte kurz vor Stolz, rollte aus und stellte sich auf den Ständer.

Wir stiegen ab. Wie betäubt sah ich Finnja an. Sie hatte unzählige bizarr geformte rot-weiß-schwarze Flecken im Gesicht. Ich sagte ihr das. Statt einer Antwort lüftete sie mein Visier.

«Huch. Du bist wieder gesund», sagte ich.

«Da sind ein paar hundert Mücken drauf», sagte sie, ich schaute es mir an, es stimmte. Mein Visier war ein Massengrab.

«Viel hast du dadurch nicht gesehen», sagte sie, dann gingen wir zur Bruchstelle. Ein Abgrund, gehauen wie von einer Herde Riesenschaufelbagger. Vor lauter nachträglichem Schiss wurden unsere Knie weich und wir auf einen Schlag todmüde. Matt schoben wir uns und Janis von der Straße und fanden ein bisschen Wiese, wo wir, aus Angst vor Räubern und Bären, weder Ledercombi noch Helm auszogen, sondern wie runtergefallene Marsmenschen dalagen, uns umarmten und umbeinten … und wegschlummerten … und hätte uns jemand entdeckt, er hätte alle Ufo-Spinner Luxemburgs zusammengesimst, und sie hätten uns angebetet und zu ihrem Kaiserehepaar gemacht, Kaiser Thomasius der Außerirdische von Luxemburg und seine liebreizende Finnja die Schnarchende.

Es kam aber keiner.

Die Ardèche, ahh! Beim Aufwachen war uns, als könnten wir sie und gar das Salz des Mittelmeers schon riechen, so schweißnass waren unsere Helme. Kurz vor Mittag stand die Sonne, hungrig, durstig und schwach stiegen wir auf. Janis fuhr die seltsame Straße nun zurück, und bald fanden wir, was wir suchten: ein kaum baumhohes Baustellenwarn- und Durchfahrtsverbotsschild mit dem französischen Wort für «LEBENSGEFAHR!» und, gleich groß darunter, auch dem deutschen, leider unsichtbar für nachtmückenverseuchte Visiere. Wir tranken aus einer Pfütze, hielten vor Metz für zwei Baguettes von gestern, vier Tomaten vom Vorjahr und zehn Liter Super, dann standen wir, Auge in Auge, vor der endlosen Strecke nach Süden, sagten uns, dass wir uns liebten, und Janis ritt los.

Sie wusste, was sie konnte. Sie wählte die Landstraße entlang der Schweizer Grenze. Nancy, Mulhouse, Besançon, die Namen flogen an uns vorbei, runter nach Pontarlier, St. Claude, Bourg, die Orte stellten das Vorbeifliegen ein, sie verlegten sich aufs Gehen, bald aufs Krabbeln; und am späten Nachmittag, vor Chambery, fünfzig Kilometer südöstlich von Lyon, war es nicht mehr zu leugnen: Janis war krank.

Schwerkrank sogar.

Zunächst hatte sie auch leichte Steigungen nurmehr im vierten Gang gepackt. Dann im dritten. Hinter Genf ging sie in den zweiten runter, und Finnja spürte keine Angst, als sie während der Fahrt erst ihren, dann meinen Helm abnahm und mir ins Ohr flüsterte: «Liebster, Gasgeben ist rechts. Du musst den Griff zu dir hindrehen…»

«Haha.» Ich fand das nicht lustig. Denn noch wollte ich es nicht wahrhaben. «Sei nicht zu streng mit ihr», sagte ich. «Der Sprung hat sie erschöpft. Vermutlich auch verängstigt. Stell dir vor, dir würde so was passieren bei achtzig oder neunzig, im Dunkeln…»

Zum ersten Mal auf dieser Fahrt nahm Finnja ihre Arme von meiner Brust. «Thomas, es ist eine Maschine», sagte sie. «Im Moment eine ziemliche Scheißmaschine.»

«Bitte, Finnja: kein Wort gegen Janis. Lauf doch, wenn's dir lieber ist.»

«Schneller wär's», sagte sie. «Und für dich immer noch Lea Annabel Sophie.»

Da war sie, unsere erste Krise. Aber ich wollte nicht reden mit Finnja. Nicht jetzt. Ich machte mir Sorgen um Janis. Sie stöhnte und dröhnte, schnaufte und sprotzte, dann geschah, auf einer mittelschweren Steigung, das Unabwendbare: Sie ging in den ersten Gang. Aber auch das half nicht mehr. Sie wurde noch langsamer, ihr Atmen flacher und flacher, und als wir vom ersten Radfahrer überholt wurden, konnte ich meine Tränen nicht mehr halten. Eine komplette Fahrradfahrersippe ließ uns liegen, vorn der viel zu fette Vater, dahinter die verzogene Brut, acht und fünf Jahre alt vielleicht. Am Ende die Mutter. Sie grüßte uns lächelnd, grinsend, giftig und falsch wie eine Sandviper. Es war die Stunde des Erbfeinds, eine Prozession französischen Demütigungswillens.

«O Janis», flüsterte ich weinend, «o meine liebste Janis.» Ich spürte einen kräftigen Schlag im Rücken.

«‹O meine liebste Finnja› muss es heißen», sagte Finnja seltam tonlos. Ich sah mich um. Finnja trug nun Sonnenbrille. In der Linken hielt sie eine Zigarette, mit der Rechten schrieb sie in ihr Tagebuch. Die linke Gepäcktasche war offen. Noch einmal griff Finnja hinein.

«Hab da was gefunden», sagte sie. «Janis, bleib stehen. Es gibt Notfalltropfen. Musst nicht weinen, sie sind süß.»

Ich verstand kein Wort. Von der Randböschung aus verfolgte ich, wie Finnja eine runde Flasche aus dem Gepäck zog und Janis operierte: Sie schraubte sie am Unterbauch auf, goss die Flüssigkeit hinein, machte Janis wieder zu und drückte auf den E-Starter. Das Wunder geschah. Innerhalb von Sekunden kehrte das Leben in Janis zurück, die Kraft und der Stolz, sie hieß uns aufsteigen und bretterte los, bald holten wir die frechen Radfranzosen wieder ein und überholten sie sogar, und ich weinte wieder, diesmal vor Glück.

Ihr Geheimnis verriet mir Finnja nie. Erst zwei Jahre später verstand ich, dass sie Janis etwas gegeben hatte, was sie von mir bis dahin nie bekommen hatte: Notfalltropfen namens Öl.

Das Ardèchetal war unser Himmel. Wir fuhren umher, von Badebucht zu Badebucht, liebten uns jeden Tag und jede Nacht, und auch mit Finnja funktionierte es.

Erst später, der Urlaub war lange vorbei, wollte sie dann irgendwann keine Nebenfrau mehr sein und ging zu einem anderen, einem mit Motorrad ohne Namen. Ich war todtraurig und verstand nicht, warum. Und in dieser Trauer verlor ich alle Lust auf Janis. Zwei Jahre ließ ich sie in Wind und Wetter stehen und vergammeln, und schließlich, es war eine graue Sommernacht, begrub ich sie im Park.

Ich besuchte sie nie wieder.

Stefan Schwarz
URLAUB MIT ...

... Bauarbeitern

Auf der Überfahrt von Teneriffa nach Gomera sollen manchmal Delfine zu sehen sein», kläre ich, den Blick aus dem Reiseführer hebend, meine Frau auf, die neben mir in der munter über die Wellen schnellenden Schnellfähre sitzt. Aber meine Frau guckt nicht nach Delfinen. Sie guckt stur geradeaus. Recht hat sie. Nichts ist schneller enttäuscht als Tierbeobachtungshoffnungen aufgrund Reiseführerlektüre. In Schweden sollen ja angeblich auch Elche sein. Wir haben überhaupt noch nie einen Elch in Schweden gesehen. Und wir waren oft in Schweden. 100 000 Elche werden jedes Jahr in Schweden geschossen. Wir haben auch mindestens 100 000 Schilder gesehen, auf denen vor Elchen gewarnt wurde, aber nie einen Elch. Vielleicht schießen die Schweden ja auf die Schilder. Oder wir haben einfach kein Auge für Elche.

Aber meine Frau ist jetzt nicht die Einzige, die nicht nach Delfinen guckt. Die Passagiere vor ihr und neben ihr tun es ebenfalls nicht. Sie beobachten stattdessen meine Frau. Vermutlich aus Selbstschutz; damit sie rechtzeitig flüchten können. Meine Frau kämpft mit einem herben Schluckauf, und auf ihrem Schoß ruht eine offene Tüte. Dafür, dass meine Frau ausgesprochen gerne verreist, wird sie verblüffend leicht reisekrank. Wir kämpfen uns ja hier nicht durch einen Orkan. Draußen weht Windstärke 5 freundlich vor sich hin. Wer zweimal im Jahr aufbricht, um es sich irgendwo über den Wolken oder den Wellen übel ergehen zu lassen, sollte sich mal die Frage stellen, ob er wirklich reisen will oder nur einen Vorwand für bulimische Ausschreitungen sucht. Andererseits ist bei uns die Urlaubsfähigkeit auch ein bisschen ungerecht verteilt. Ich vertrage alle Reise- und Lebensmittel, verreise aber nur ungern. Auch möchte ich nicht anderer Leute Kultur kennenlernen. Meistens lernt man ja gar nicht deren Kultur kennen, sondern nur deren Steckdosenlochkonfiguration, und dafür muss man ja nicht fünf Stunden im Flieger sitzen. Aber meine Frau muss reisen. Sie will was erleben. Und wenn es nur Übelkeit ist.

Ein weiterer Grund, warum ich ungern verreise, ist, dass ich eigentlich ganz zufrieden bin mit den gemäßigten Breiten, in denen ich wohnen darf. Auf Teneriffa, das wir gerade per Schnellfähre verlassen, war hingegen volle Pulle Calima. Ostwind aus Afrika. Das ist ungefähr so, als wenn Ihnen jemand eine Heißluftpistole zum

Lackabbrennen ins Gesicht halten würde. Aber nicht mal eben kurz, sondern dauerhaft und überall. Ich hätte nicht gedacht, dass man mit einem nassen Handtuch zugedeckt auf Fliesen schlafen kann, aber in einer original teneriffösen Bergbaude bei Ostwind aus der Sahara ist es ganz okay.

«Haben wir wenigstens was zu erzählen», lachte meine Frau am nächsten Morgen schlapp und torkelte dehydriert zur Kaffeemaschine. Das ist es doch: Weil meine Frau immer was zu erzählen haben will, dürfen wir nicht kommod an einem Hotelpool auf den Plastikliegen herumfaulen, sondern müssen von unklimatisierten Ferienhütten aus spannende Bergwanderungen unternehmen. In den ungemäßigten Breiten aber sind die Berge nicht grün und bewaldet, sondern kahl, porös und bröcklig. Der von meiner Frau gewählte Pfad durch die «Höllenschlucht» auf Teneriffa war aber gottlob gesperrt, weil sich erst kurz zuvor ein paar Urlauber von herabfallenden Steinen hatten erschlagen lassen. Meine Frau wollte trotzdem und sogar über den Sperrzaun klettern. Ich hielt sie am Knöchel fest.

«Wenn du das machst, haben nur noch deine Trauergäste was zu erzählen!» Meine Frau kletterte zurück, schalt mich eine Memme, und ich verteidigte mich nicht einmal, denn ich kenne das Spiel. Natürlich würde sie niemals im Geröllschauer die Schlucht entlang wandern. Sie testet nur, ob ich sie noch liebe. Es soll ja Männer geben, die in solchen Situationen sagen: «Ja, geh ruhig. Ich setze mich hier so lange ins Café!», weil sie gerade durchgerechnet haben, dass die Überführung von Teneriffa nach Deutschland sehr viel billiger ist als eine ordungsgemäße Scheidung.

Jetzt, wo ich neben meiner grünen Frau in der Schnellfähre nach Gomera sitze, juckt es mich zwar ein bisschen, den Begriff Memme noch einmal mit ihr zu diskutieren, aber ich halte mich dann doch zurück. Die Stunde kommt noch, wo sie einen richtigen Mann brauchen wird. Das wirkliche Abenteuer wartet noch auf uns. Ich weiß es. Und es wird nichts mit hohen Bergen und wilden Tieren zu tun haben.

Diesmal ist es: eine Abflussverstopfung. Eine Abflussverstopfung in einer rustikalen, nun ja, vielleicht nicht gleich, Finca auf Gomera. Genauer gesagt, ist es eine Abflussumleitung. Von der Toilette in die Dusche. Der Unrat verschwindet wie gewohnt im Abort, aber nur, um gleich darauf wieder in der Dusche zu erscheinen. Wir überlegen erst kurz, ob es irgendwas Landestypisches ist, was so sein soll, entscheiden dann aber, Hilfe zu holen. Und Hilfe holt – der Mann. Der Mann kann zwar – wie die Frau – kein Spanisch außer «Gracias», aber er kann ja mit den Händen reden. Nun ist der Satz «Bei uns kommt die Scheiße in der Dusche hoch» ungefähr so einfach zu gestikulieren wie der Satz «Die Frequenz der Hochspannung im Teilchenbeschleuniger entspricht der Bahnumlauffrequenz der Ionen beim Durchlauf der Gaps zwischen den Hochfrequenzkavitäten». Aber ich versuche es zumindest. Ich fahre die zwanzig Kilometer Serpentinen hinunter zu Don Miguel, unserem ausschließlich Spanisch sprechenden Vermieter, und gestikuliere. Don Miguel weiß sofort Bescheid. Er führt mich durch das kleine Städtchen, lacht dabei und zwinkert, und – schwupps – stehen wir vor dem städtischen Springbrunnen. Ich schüttele den Kopf und mache noch einmal, nur diesmal vor den Leuten auf dem Marktplatz, all die abscheulichen Gesten, die man machen muss, um eine Abflussumleitung von der Toilette in die Dusche anzudeuten. Diesmal landen wir in einem Blumenladen. Einen großen Strauß Rosen, der aus einem Kübel sprießt, will mir Don Miguel vermitteln. Bevor ich noch Gesten mache, die dazu führen, dass Don Miguel mich niederschießt, greife ich mir lieber im Blumen- laden ein Blatt Papier und einen Stift und zeichne. Ich bin ein guter Zeichner. Es wird fast so etwas wie eine Bilder- geschichte. Don Miguel ist regelrecht erschrocken und schickt mir sofort zwei Bauarbeiter mit, die den Boden im Bad mit unsensiblen Spitzhacken aufhacken. Meine Frau hat sich wegen des Lärms nach draußen verzogen und sonnt sich im Bikini auf der Terrasse. Das führt leider dazu, dass sich die Bauarbeiten enorm verzögern, denn die Bau- arbeiter müssen alle zehn Minuten nach draußen auf die Terrasse gehen, um das Abfluss-Problem zu besprechen, wichtig vor sich hin zu rauchen oder meiner Frau lachend irgendwas Spanisches wie «Schöne Sonne heute» und «Schöne Bikini-Sonne heute» oder «Schöne Bikini-Sonne für Damen mit einer so tollen Bikini-Figur» zu erzählen.

Aber meine Frau lässt sich nicht beeindrucken. Sie weiß, was sie an mir hat.

Abends kommt sie – endlich frisch geduscht – zu mir ins rustikal knarrende Fincabett und fragt: «Kannst du auch ‹Mietminderung wegen kaputter Toilette› zeichnen?»

Rainer Moritz
URLAUB MIT ...

... Tofik

Ich bin nicht ausländerfeindlich. Das kann man mir nicht nachsagen. Gewiss, ich lebe in einem Stadtteil, in dem Ausländer allenfalls als Betreiber von gehobenen italienischen Restaurants, Gemüseläden oder Änderungsschneidereien vorkommen, und solche Stadtteile gibt es in deutschen Metropolen immer weniger. Ich selbst esse hin und wieder ausländische Gerichte und nicht nur die längst eingedeutschten Varianten wie Pizza Hawaii oder Cannelloni Bratwurst. Was nicht heißt, dass es mich in asiatische oder indische Garküchen zieht, wo alles so anders aussieht und schmeckt. Und was von Dönerspießen zu halten ist, steht wissenschaftlich außer Zweifel. Solche Differenzierungen sind in Deutschland nicht mehr gefragt, ich weiß, und wer wie ich zu solchen Unterscheidungen in der Lage ist, wird von denen, die das Multikulturelle für den Zielpunkt des weltgeschichtlichen Laufs halten, automatisch für einen Sympathisanten der Rechtsradikalen gehalten.

Ich bin, wie gesagt, durchaus aufgeschlossen gegenüber ausländischen Einflüssen, die ja mitunter sogar positive Effekte haben. Nein, eine gewisse Offenheit bereichert den Menschen, selbst mich. Denken Sie an die Kunst oder Literatur und stellen sich dann vor, man hätte nur noch Umgang mit Künstlern oder Literaten aus Detmold oder Waiblingen. Vom Fußball ganz zu schweigen, wo die Bundesligavereine auf die Verdienste der – wie man früher sagte – guten alten Legionäre dringend angewiesen sind. Obgleich manche von denen, vor allem wenn sie das Fußballspielen auf dem Balkan gelernt haben, zu einem rustikalen Auftreten neigen und gerne mit einer roten Karte bedacht werden. Ich selbst amtierte in jungen Jahren als Schiedsrichter, wenn auch nur in unteren Amateurklassen, und kam seinerzeit nicht umhin, meinen ersten Feldverweis auszusprechen. Und da man erste Male in der Regel nicht vergisst, weiß ich den Namen des Sünders bis heute: Athanasios Karagiannidis. Ein Grieche, wie man hört, und damals gab es keine großen Vorbehalte dieser Nation gegenüber. Man fuhr mit Trampergestellen nach Kreta oder Samos, trank nach Harz schmeckenden Wein, was mir heute rätselhaft erscheint, aß opulente Poseidon-Platten, die einem Magengrimmen bescherten, und freute sich unbändig über den dringend notwendigen Ouzo, den man vom Wirt geschenkt bekam.

Ob eine Schnapsdreingabe heute in griechischen Lokalen noch Usus ist, entzieht sich meiner Kenntnis, da ich diese Lokale seit zwanzig Jahren nicht mehr aufsuche. Das letzte Mal, das war mit Renate am Viktoria-Luise-Platz in Berlin, einer Frau, die mich dann wegen eines anderen – eines Österreichers! – verließ, ohne dass ich deswegen einen unmittelbaren Zusammenhang zu jener Berliner Lokalität herstellen möchte. Renate lebt heute in Oldenburg oder Oberhausen, aber das nur am Rande. Meinen Aktivitäten als Schiedsrichter stand Renate, die aus dem Lippischen war, skeptisch gegenüber, obwohl ich diese, als mich mit Renate mehr als der Besuch von exotischen Restaurants verband, längst aufgegeben und den Weg für Kollegen wie Hellmut Krug oder Markus Merk frei gemacht hatte. Dass es der Spieler Athanasios Karagiannidis war, der mich dazu nötigte, den allerersten Platzverweis auszusprechen – er hatte mir aus dreißig Meter Entfernung lautstark «Schiri, du blindes Arschloch!» zugerufen –, hatte mit seinen fremdländischen Wurzeln nicht das Geringste zu tun. Später zwangen mich, das will ich betonen, auch Spieler ohne fremdländische Wurzeln zu solchen rigiden Maßnahmen. Strenggenommen ist der Ausländer als Fußballer sogar im Vorteil, da es ihm freisteht, die Unparteiischen unentwegt in seiner Muttersprache zu schmähen, denn welcher Schiedsrichter ist schon in der Lage, Schimpfwörter zu verstehen, mit denen sich Anverwandte in Anatolien oder im östlichen Rumänien überschütten?

Mit Ausländerfeindlichkeit hat das alles nichts zu tun.

165

Thilo Sarrazins Buch habe ich nicht gelesen, wenngleich mir einige seiner Thesen gefallen. Zu denken geben sollte einem freilich, dass der Name Sarrazin recht französisch klingt und etymologisch offenkundig auf das Volk der Sarazenen zurückgeht, also auf Muslime im weitesten Sinn, ich kenne mich da nicht so aus. Das blieb in der Diskussion um diesen rhetorisch leider unbegabten Mann bislang unterbelichtet. Gegen andere Länder und Völker habe ich nichts Grundsätzliches, und dass wir Deutsche ein fröhliches Volk sind und uns freuen, wenn wir von Gästen heimgesucht werden, haben wir bei der Fußballweltmeisterschaft 2006 gesehen.

Bisweilen, wenn ich von Ost- und Nordsee genug habe und mich die oberbayerischen Seen und der Harz zu langweilen beginnen, fahre ich sommers ins Ausland. Nicht mehr nach Griechenland, ich bitte Sie, aber die Schweiz (obwohl sich dort inzwischen eine unangenehme Ausländerfeindlichkeit eingestellt hat) und Südtirol dürfen sich alle paar Jahre darüber freuen, dass ich mein sauer verdientes Geld nicht in Deutschland ausgebe. Das ist volkswirtschaftlich vermutlich unklug, aber manchmal bin auch ich ein schwacher Mensch und unterstütze die Südtiroler in ihrem Kampf gegen die Italiener. Isländer, Franzosen und auch Serben, Weißrussen, Mazedonier oder wie diese unüberschaubaren Völkerscharen im Osten Europas neuerdings heißen – nichts ist gegen sie einzuwenden. Sie müssen ja nicht ständig zu uns kommen, ja, selbst gegen Schwarzafrikaner, Kanadier oder

Chilenen habe ich nichts. Es wäre ja vielleicht doch zu viel des Guten, wenn alle Kontinente nur von Deutschen oder Schweizern besiedelt wären. Das wäre öde und würde für zu wenig Zündstoff sorgen. Denken Sie an die Bibel, wo Adam und Eva es wunderbar hätten haben können und dann fremdländisches Obst – neuere Forschungen sprechen von Feigen – zu sich nahmen und den ganzen Schlamassel der Weltgeschichte auslösten. Kain, Abel und so weiter … bis hin zu Tofik. Ja, bis zu Tofik, diesem Ausbund an Schlechtigkeit, diesem Mann, der mich dazu gebracht hat, nicht allen Völkern der Erde mit Respekt gegenüberzustehen. Ehrlich gesagt, gibt es nur ein Land, das ich mit großem Widerwillen betrachte, dessen Errungenschaften ich leugne und dessen Bewohner in mir zumindest Misstrauen hervorrufen. Schuld daran ist Tofik, der mich einen Sommer lang begleitete, genauer gesagt: einen Sommernachmittag. Ich war jung, sehr jung und aufgeschlossen, wollte meine provinzielle Herkunft hinter mir lassen – bis Tofik kam und mir jede Urlaubsfreude nahm, im Handstreich gewissermaßen.

Lassen Sie mich berichten, wie wenige Momente genügten, um ein einziges Land in Misskredit zu bringen – keineswegs nur in meinen Augen! – und mich am Gefasel der weltumspannenden Nächstenliebe zweifeln zu lassen. Urlaub, das musste man sich früher, als es noch keinen Euro gab und keine Völker, die von dieser Währung überfordert sind, erst einmal leisten können. Wohin man fuhr, wurde nicht diskutiert. Von der Entwicklung, dass Kinder ihren Erzeugern vorschreiben, in welche Richtung die sommerliche Ferienreise zu gehen habe, war damals noch nichts zu ahnen.

Dieses Jahr in die Berge, hieß es bei uns, und dieses Jahr war jedes Jahr. Da ließ sich mit Vater nicht reden, und Mutter gab klein bei, zumindest in der Frage. Nach Österreich, das war nicht so weit und mit dem Auto gut zu erreichen. Andere reisten ans Meer, an die Nordsee oder sogar nach Italien. Wir in die Berge, wandern, nach Tannheim in Tirol oder nach Leogang, wir wohnten in sauberen Pensionen. Wenigstens hatten die ausländisches Geld, Schillinge und Groschen, man musste umrechnen, durch sieben teilen, sonst betrogen die einen. Immerzu gab es in Österreich unzugängliche Berggipfel, die wir bestiegen, den Aggenstein mit fast 2000 Metern, das Neunerköpfle. Wenn es zurück ins Tal ging, war ich vorneweg, suchte nach Abkürzungen über die Wiesen, ließ die anderen zurück, bis ich allein war zwischen den Kühen mit ihren schweren Glocken. Ja nicht in die weichen, sämigbraunen Kuhfladen treten. Die harten, getrockneten, das war nicht schlimm, die kickte man mit den Wanderstiefeln den Hang hinunter. Unten setzte ich mich auf eine Bank oder einen Baumstamm, trank das eiskalte Bergbachwasser, das so gut roch, wartete, bis die anderen – ihr lahmen Enten! – den Abstieg geschafft hatten. Abends ging man essen, das lohnte sich. Wenn man Glück hatte, gab es nicht nur Speckknödel, sondern auch Pommes frites. Und Spezi. Gehen wir wieder in den Krallerhof? Die hatten Ćevapčići, die es zu

Hause nie gab. Das waren noch bodenständige Zeiten! Vier gutgewürzte Fleischröllchen, als Kinderteller, mit Ketchup und rohen Zwiebelringen, nach deren Verzehr man merkwürdig aus dem Mund roch. Auf dem Balkan essen alle Knoblauch, sagte Mutter, die die Auflaufform höchstens mit einer Zehe ausrieb. Sonst riecht jeder, dass man Knoblauch gegessen hat. Im Urlaub ging das eher. Ab und zu, nach langen Bergtouren, durften wir Nachtisch, eine Mehlspeise, bestellen, Kaiserschmarren oder Palatschinken. Die Österreicher verwendeten viele fremde Ausdrücke, und wenn die einheimischen Bauern mit uns sprachen, verstand ich nicht alles. Aber sie waren nett zu den Touristen. Wir bringen denen schließlich unser schwer verdientes Geld, sagte Vater, da erwarte ich Freundlichkeit. Sonst fahren wir nächstes Mal ins Allgäu. Erdäpfel, Karfiol, Marille, so sprachen die. Marille gab es als Knödel oder Schnaps, zur Verdauung. Eine bauchige Bailoni-Marillenschnapsflasche wurde mit nach Hause genommen. Und Stroh-Rum, 80 Prozent. Den nehme ich nur zum Backen, betonte Mutter, kein Vergleich mit dem Pott-Rum, den es im Konsum gab.

Wann sind wir da? Dauert's noch lang? Manchmal sah man die moosgrünen Dachschindeln der Almhütte in der Ferne und glaubte, nach ein paar Schritten am Ziel zu sein. Doch die Kurven zogen sich, immer noch eine, bis die Hütte zum Greifen nah war. Hoffentlich können wir draußen sitzen. Das war das Schönste, sich nassgeschwitzt auf die Holzbank werfen, endlich geschafft, nach der Tafel mit der Speisekarte Ausschau halten. Mittags essen wir eine Kleinigkeit auf der Hütte, eine Leberknödel- oder Frittatensuppe zum Beispiel, ihr wollt doch abends ins Gasthaus. Oder wir hatten Landjäger dabei und Äpfel und eine Packung Butterkekse, sodass wir in der Hütte nur etwas tranken. Vater eine Halbe, Mutter einen gespritzten Apfelsaft, die Kinder einen Almdudler, der eigenartig in der Nase kitzelte mit seinem Kräuteraroma, gelblich in der durchsichtigen Glasflasche schimmerte und den es nur in Österreich gab. Danach ging es zum Gipfelkreuz, wo wir uns in das Buch einschrieben. Vater schwitzte stark – das ist gesund! – und zog sein Hemd aus, kaum dass wir oben angekommen waren. Mit nacktem Oberkörper stellte er sich breitbeinig in den Wind – gut sah er aus und machte etwas her. Du holst dir eine Erkältung, sagte Mutter, doch Vater lachte und strahlte, deutete auf die schneebedeckten Berggipfel in der Ferne, kannte sie alle beim Namen und versuchte eine Gämse zu erspähen, mit seinem schwarzen, schweren Fernglas, dessen Kunststoffüberzug ein Riffelmuster hatte, über das ich gern mit den Fingern fuhr.

Wir wohnten nie in Hotels. Mutter kümmerte sich Monate im Voraus um die Unterkunft, ließ sich Prospekte kommen und telefonierte mit den Pensionsbetreibern. Glück gehörte dazu, denn die Leute konnten einem am Telefon ja viel erzählen, einen Prospekt hatten die wenigsten, allenfalls eine Ansichtskarte. Deshalb waren bei der Ankunft alle nervös. Was mochten das für Leute sein, die Waltls und Ruprechts? Und wie groß wohl die Zimmer waren? Wo dürfen wir schlafen? Gab es einen Balkon, mit Holzsprossen hin zum kiesbestreuten Vorplatz? Das Klo befand sich meistens auf dem Gang, sehr unangenehm. Immerzu musste man aufpassen, ob die anderen Gäste, wildfremde Leute!, nicht gerade eine Sitzung abhielten. Erst wenn alles ruhig schien, lief ich zur Toilette, schob eilig den Riegel vor und setzte mich auf die hölzerne Brille, die manchmal noch warm war vom Hintern dieser wildfremden Leute. Froh musste man sein, wenn es ein Waschbecken auf dem Zimmer gab. Baden können wir zu Hause. Und benehmt euch, seid nicht so laut, vergesst nicht, guten Morgen, Herr Ruprecht, zu sagen. Beim Frühstück unten in der Bauernstube mit den rotweißen Tischtüchern konnte man viel falsch machen. Aber auch viel beobachten an den Nachbartischen, wo die anderen Feriengäste eingeklemmt saßen, die von überall her nach Tannheim ins schöne Tiroler Land gereist waren. Aus dem Ruhrgebiet, Mutters Heimat, oder aus Hessen. Auch andere Kinder wurden beim Frühstück – Machen Sie die Marmeladen alle selbst? – ausgeschimpft: Ulrike, du gehst gleich auf dein Zimmer, wenn du nicht anständig isst.

Immerhin ließ sich mit Herrn Ruprecht, dem Wirt, gut über Fußball reden. Und damals, 1966, war das von Vorteil, denn schließlich fand in England eine Weltmeisterschaft statt. Das schweißte die Urlauber zusammen und schuf Kontakte zu Menschen, die Mutter und Vater, wenn sie wieder oben auf dem Zimmer waren, plötzlich ganz unsympathisch fanden. Deutschland spielte gut, und selbst Herrn Ruprecht als Österreicher schienen Helmut Schöns Mannen zu gefallen. Vielleicht, vermutete Vater, tat er nur so, um seine deutschen Gäste nicht zu verärgern. Dann gelangte Deutschland ins Endspiel, gegen die Engländer, die Heimvorteil hatten, aber dagegen ließ sich nichts machen. Beim Endspiel blieb in der Ruprecht'schen Stube kein Stuhl frei. Sich ein ganzes Spiel und zudem mit Verlängerung anzusehen war mir zu langweilig – ich war, wie gesagt, sehr jung. Zwischendurch ging ich in den Garten, um mit einem blondlockigen Mädchen aus Dortmund zu spielen. Die gefiel mir, und so wechselte ich zwischen dem Wembley-Stadion und der Ruprecht-Wiese hin und her. Bis ich plötzlich einen Aufschrei des Reporters hörte, wütende Rufe aus der Stube: Nie war das ein Tor! Auf der Linie, mit vollem Umfang muss er sie überschreiten, dieser Russe da hat Schuld, der gibt tatsächlich Tor! Wie kann man einen Russen in einem Endspiel mit Deutschland als Linienrichter auflaufen lassen? Und der Schweizer Schiri ist ein Feigling, von wegen neutral. Die Stimmung kochte hoch, Bier und Obstler hatte es gegeben, dieser Linienrichter verdarb einem alles, jetzt war das Endspiel verloren gegen diese überheblichen Engländer. Ich ging zurück in den Garten und schaukelte mit dem blonden Mädchen aus Dortmund, während aus dem Haus weiter sich empörende Männerstimmen zu hören waren. Engländer wohnten bei Ruprechts zum Glück keine.

Was danach geschah, begriff ich erst im Nachhinein. Deutschland kassierte noch einen vierten Treffer, dessen

Irregularität der unfähige Schweizer Schiedsrichter wieder nicht erkannte. Die Einzelheiten des Spielverlaufs brachte ich damals durcheinander, doch das Gesicht jenes Mannes, der für alles Unglück verantwortlich zeichnete, prägte sich mir schlagartig ein. Wie schön wäre der Urlaub ohne ihn gewesen. Kaum hatten wir Tirol den Rücken gekehrt und waren auf schwäbischen Boden zurückgekehrt, nistete sich dieser Mann in meinen Angstträumen ein. Es mochte damit zu tun haben, dass die Zeitungen keine Ruhe ließen und das Für und Wider des sogenannten Wembley-Tors wochenlang erörterten. Merkwürdigerweise – das brachte meinen Glauben an eine alleinseligmachende Wirklichkeit erstmals ins Wanken – berichteten englische Blätter ganz anders als deutsche Blätter über die Schlüsselszene des Spiels. Ja, die Briten, denen mein Vater aufgrund der Kriegsereignisse ebenso misstrauisch gegenüberstand wie den Russen, gaben jenem Linienrichter recht, der mir den Urlaub 1966 verdarb und mich zu einem Feind Aserbaidschans gemacht hat.

Tofik, so hieß er, war ja nur damals ein Russe, später nach dem Mauerfall differenzierte sich die Weltkarte aus – ob immer zum Vorteil, sei hier nicht abgewogen –, und die unübersichtliche russische Union zerfiel in lauter kleine Einheiten, von denen eine Aserbaidschan hieß und heißt. Fragen Sie mich nicht, wo das genau liegt, irgendwo hinter dem Schwarzen Meer, glaube ich. Hingefahren wäre ich da nie, und seit dem Juli 1966 schon gar nicht. Tofik kam von dorther, ich sehe diesen wirren, schnauzbärtigen Mann vor mir, jenen Mann, der fortan zur Personifizierung des Bösen wurde. Der Nikolaus mit seiner Rute, der Schwarze Mann, Franz Josef Strauß, das Nachtgespenst – wie immer die Gestalten hießen, mit denen man seinerzeit Kinder einschüchterte, sie alle kulminierten für mich in der Figur des Aserbaidschaners, und meine Mutter begriff schnell, wie sie diese kindliche Prägung ausnutzen konnte. Sobald sie aus pädagogischen Gründen Angst für eine geeignete Maßnahme hielt, mich zur Räson zu rufen, holte sie Tofik aus der Kiste. Tofik würde für meine Bestrafung sorgen, Tofik würde es gar nicht gefallen, wenn das Diktat daneben- oder die Blumenvase von Oma zu Bruch ging. Tofik war der Vorbote höllischer Feuerqualen.

Später, als ich reifer wurde, setzte ich mich mit Tofik intensiv auseinander. Lernte, dass er Tofik Bachramow hieß, auch nach seinem verhängnisvollen Wembley-Auftritt nicht von der Fifa-Liste gestrichen wurde und international auftreten durfte. Ich besorgte mir eine Videokassette und spielte die entscheidende 101. Minute wieder und wieder ab. Sah Hans Tilkowski, den deutschen Keeper, sich strecken, sah Geoff Hurst schießen und den Ball von der Latte hinunterfallen, auf die Linie, gar keine Frage. Und ich sah Gottfried Dienst, wie er hinauslief zu Tofik, der seine Linie verlassen und sich gedankenverloren ein paar Meter ins Spielfeld hineinbewegt hatte. Die beiden sprachen miteinander, obwohl alle wussten, dass sie über keine gemeinsame Sprache verfügten, und ich sehe Tofiks konfuses Winken, dieses Winken zur Mittellinie, das «Tor» signalisierte. Obwohl Tofik – auch das zeigte das Video eindeutig – bei Hursts Schuss schlecht postiert war und nicht die geringste Möglichkeit besaß, über Tor oder Nicht-Tor verlässlich zu entscheiden. Verwirrt wirkt dieser grauhaarige Mann, der kurzerhand beschloss, Weltgeschichte zu schreiben und den Engländern einen herrlichen Tag zu bescheren. Und mir einen versauten Urlaub, ja, ein versautes Leben, eine Aversion gegenüber dem Tannheimer Tal – wir fuhren nie wieder dorthin – und eine tiefe Abneigung gegenüber allem Aserbaidschanischen.

Noch später las ich Interviews mit Tofik, dämliche Selbstrechtfertigungen, in denen er behauptete, der Ball habe das Netz berührt. Die Aserbaidschaner kümmerte das nicht, ja, man setzt dort bis heute darauf, uns Deutsche zu provozieren. So schusterte man Bachramow nach seiner unglückseligen Schiedsrichterzeit Funktionen im Fußballverband zu, gab 1997, vier Jahre nach seinem Tod eine Briefmarke mit seinem scheußlichen Konterfei heraus, benannte das Nationalstadion nach ihm und stellte, um das Fass zum Überlaufen zu bringen, eine Bachramow-Statue vor den Eingang. Das alles könnte einen zum Ausländer-, genauer: zum Aserbaidschanfeind machen. Dass Berti Vogts 2008 seine Trainerwanderschaft unterbrach und ausgerechnet Nationalcoach in Aserbaidschan wurde, ist ein Skandal, dem bislang zu wenig Beachtung geschenkt wurde. Warum sollten wir den Aserbaidschanern das Fußballspielen beibringen?

Und überhaupt fällt dieses Land immer wieder unangenehm auf: Beim Eurovision Song Contest, den ich von Kindesbeinen an sehe, holte 2011 – als der Wettbewerb, den ich für mich natürlich Grand Prix Eurovision de la Chanson nenne, in Düsseldorf am Rhein stattfand – Aserbaidschan den Sieg, mit einem mir nicht mehr erinnerlichen Lied eines mir nicht mehr erinnerlichen Gesangsduos. Deutschland und Aserbaidschan, eine bis heute unheilvolle Beziehung, und vermutlich mischt Tofik Bachramows Sohn Bachram irgendwo im Hintergrund mit. Immerhin gibt er schon Interviews, in denen er auf die Frage «Wann hat Ihr Vater Ihnen das erste Mal vom Wembley-Tor erzählt?» provozierend antwortet: «Kurz nach seiner Rückkehr von der WM 1966. Ich war damals 13 und kann mich noch genau erinnern. Alle seine Verwandten und Freunde gratulierten ihm damals.» Gratulieren! Diesem mit der Fahne wedelnden Mann aus Baku! Es ist nicht zum Aushalten, und alles nahm seinen Lauf im Österreich-Urlaub, anno 1966. Das blondlockige Mädchen aus Dortmund habe ich übrigens nie wiedergesehen.

Oliver Maria Schmitt
URLAUB MIT ...

... Schwanz und Schnee in Las Vegas

Zwei Stunden schon saß Richard mir gegenüber, aber irgendwie kamen wir nicht voran. Er bleckte die perlweißen Zähne, drehte verloren an seinem brillantbesetzten Ehering, und ich schaute schweigend aus dem Fenster des Hilton Hotels, das längst mir hätte gehören sollen. Draußen, auf den Palmen, glitzerte der erste Schnee. Nicht der erste des Jahres, sondern der erste seit 1948. Volle fünfundfünfzig Jahre hatte es in Las Vegas nicht mehr geschneit. Der rare Eiskristallniederschlag war in diesen Dezembertagen das alles bestimmende Gesprächsthema – neben Roys Tigerunfall natürlich. Richard schien davon aber nichts mitbekommen zu haben. Halsstarrig pries er sein einmaliges Vorteilsangebot. Leer lächelte ich ihm zu und schaute wieder nach draußen.

Drüben, an der Fassade des Mirage Hotels, ihrem ehemaligen Auftrittsort, erinnerte ein riesiges Plakat an Siegfried und Roy, an die «Magier des Jahrhunderts», die «Meister des Unmöglichen, die Schöpfer beispielloser Bühnenunterhaltung, die größte Attraktion der Stadt für alle Zeiten». Das goldene, überlebensgroße Siegfried-und-Roy-Denkmal daneben jedoch stand verwaist, unbeachtet am Strip. Millionen Menschen liefen täglich daran vorbei, und keiner hatte es für nötig befunden, einen Strauß Blumen, eine brennende Kerze oder wenigstens einen kleinen schneeweißen Kuscheltiger für Roy niederzulegen.

Dabei hatten sich Siegfried Fischbacher aus Rosenheim und Roy Uwe Horn aus Nordenham zeitlebens für den Schutz der bedrohten weißen Tiger eingesetzt. Die größte Bedrohung der wenigen noch verbliebenen Großkatzen waren freilich sie selbst. Vor ein paar Wochen hatte eine der nicht durchgehend zahmen Bestien mal kurz und energisch zugebissen, als Roy seine Faxen mit ihr trieb. Jetzt lag er im Krankenhaus und wurde unter großen Mühen rekonstruiert. Richard jedoch, das sah ich ihm an, kümmerte das nicht im Geringsten. Er arbeitete einfach weiter an seinem Projekt, mich zum Teil eines großen Ganzen zu machen: zum Mitbesitzer der großartigsten Hotelkette der Welt. Zahlen, Worte und Verheißungen kamen hinter seinem Zahnweiß hervor, und ich fragte mich, ob Roy diesen Schnee auch gesehen hatte, der da draußen so verführerisch in der Sonne glitzerte.

In Las Vegas war rund um den Jahreswechsel allerhand

los: Britney Spears war in der Stadt und hatte gerade im Vollrausch und aus Versehen einen ehemaligen Klassenkameraden geheiratet, und ihr Kollege Heino lungerte auch hier herum. Er war, wie ich der Schundpresse entnommen hatte, auf dem Weg zu Roys Krankenbett, weil er dem moribunden Magier sein anerkannt magisches Padre-Pio-Amulett bringen wollte, das ihn, Heino, vor Jahren aus dem Koma zurückgeholt hatte. Allerdings wurde Heino von Siegfried nicht vorgelassen; wahrscheinlich hätte sich Roy zu Tode erschreckt, wenn überraschend ein amulettbehangener weißer Schlagertiger mit Sonnenbrille an seinem Bett aufgetaucht wäre und Unsinn geredet hätte.

Ich hingegen war eher zufällig in Vegas gestrandet. Keine Ahnung, was mich hergetrieben hatte, vielleicht ja eine Art Vorahnung. Wenn ich jedenfalls rein zufällig irgendwo auf Siegfried treffen sollte, würde ich ihm wohl anbieten, kurzerhand für Roy einzuspringen. Schließlich konnte ich auch ganz gut zaubern: Problemlos konnte ich Wein in Wasser verwandeln, Kuchenstücke nach und nach verschwinden lassen und außerdem machen, dass die Luft stinkt. Im Hilton hatte ich ein spottbilliges Zimmer ergattert, die riesige Suite kostete nur zwanzig Dollar pro Nacht. Dafür hatte ich mich allerdings verpflichten müssen, am nächsten Morgen an einem privaten Treffen mit Richard teilzunehmen. Es würde zweieinhalb Stunden dauern.

Im «Presentation Center» des Hotels nahm mich Richard P. Miller mit Handschlag in Empfang. Obwohl er auf der Oberlippe keinen Pornobalken trug, erinnerte er mich

181

sofort an den Schlagersänger Barry Manilow. Vielleicht lag es an der feminin toupierten Frisur des jugendlich plump gebliebenen Vierzigers, der in Businesshemd und mit Vertreterkrawatte die übliche unschöne Figur machte. Das Handy trug er in einem Ledertäschchen am Gürtel.

Als er hörte, dass ich Deutscher war, rastete er aus: «Ihr Deutsche gebt ein Drittel eures Einkommens für Urlaub aus, das ist absolut phantastisch!» Deutschland kenne er im Übrigen ganz gut, vor allem Homburg an der Saar, denn von dort stamme seine Frau. Sie heiße Karin, aber er nenne sie Linda. Linda sei einfach «phantastisch», heulte in neuerlich begeisterter Aufwallung Richard und schwärmte von ihren Fähigkeiten als gefragte Friseuse. Sie habe früher, so teilte er ohne Umschweife mit, in einem Salon auf der Düsseldorfer Königsallee gearbeitet, sei dort zufällig an Shirley MacLaine geraten, und die habe sie sofort nach Amerika verfrachtet, wo sie schließlich von Engelbert Humperdinck in Las Vegas übernommen worden sei. Er zeigte mir Fotos vom gemeinsamen Urlaub in Mexiko, und sie sah tatsächlich aus wie eine Friseuse.

Nun aber sollte ich, das war Richards Plan, erst einmal Eigentümer des Hilton Hotels werden. Ich sagte, das klinge sehr gut und ob er Siegfried und Roy kenne. Klar kenne er die, die beiden seien «absolut phantasisch», kein Wunder, sie seien ja Deutsche wie ich, «absolut sympathisch», und er würde nur sympathischen Menschen etwas verkaufen.

Zum Beweis nannte er mich ab sofort nur noch «Ollie», und ich überlegte, ob ich ihn dafür spontan «Dick» nennen solle, denn das war die gängige Abkürzung für Richard; ebenso war es, das wusste ich, die gängige Abkürzung für Schwanz. Aber zu Richard einfach zu sagen: Klar, Schwanz, dein Angebot klingt gut – das brachte ich so nicht fertig.

Dachte ich zunächst. Als ich noch einmal sehr genau seinen toupierten Strähnchenzupfmopp betrachtet hatte, ging es aber doch.

Ich sagte: «Schwanz, dein Angebot klingt wirklich gut», und er lächelte krass und kukidental.

Wenn ich bei und mit ihm und heute kein Hoteleigentümer werden würde, dann nie und nirgends mehr, denn es gäbe auf dem gesamten Immobilienmarkt kein besseres Angebot, sagte Richard und zeigte mir unterschriebene Verträge von anderen Kunden, seltsamerweise alle mit Fotos. Woher er die wohl hatte? Und was wollte er mir überhaupt verkaufen?

Er deutete auf ein Foto: Dieses Kundenpaar habe schon zugesagt, wolle aber mit der Zusage noch warten, denn die Dame hier auf dem Bild, die habe momentan Brustkrebs und wolle erst das Ergebnis ihrer Brustamputation abwarten.

Ich sagte nicht, dass ich mir das Ergebnis einer Brustamputation leider recht gut vorstellen könne, nein, ich sagte gar nichts, denn Richard hatte sich nun deutlich warmgeredet. Im Leben steige man auf, nicht ab. Früher machte man Camping mit Isomatte und Esbitkocher, dann kam das Billighotel mit verwanzter Dusche, heute sei es das Hilton mit Minibar und Roomservice. Das sei wie

183

beim Buffet – man greife eben zuerst zu den Leckereien, zu den Krabben, zum Lachs und zum Hüftsteak, das sei, und dabei warf er mir seinen gesamten Kopf mitten ins Gesicht, das sei «die menschliche Natur».

Schwanz, sagte ich, weißt du, wo Siegfried und Roy wohnen?

Klar wisse er das, und dann erzählte Richard von Traumurlauben in Traumresorts an Traumstränden, die ausnahmslos mit Traumfrauen bevölkert waren. Dass ich ab sofort regelmäßig Urlaub hier in Las Vegas mache, sei ja nun klar, schlussfolgerte Richard mit zwangloser Logik, Las Vegas sei *die* Boomtown Amerikas schlechthin, hier müssten in den nächsten Jahren 60 000 Hotelbetten entstehen, und ich könne jetzt schon froh sein, eines davon zu bekommen.

Aber wie viel Geld ich dafür ausgeben wolle, fragte jetzt maßlos neugierig Richard. Keins, sagte ich, und Richard lachte sehr. Aber nur kurz. Nun, da ich doch selbst gemerkt hätte, wie toll es im Hilton sei, da würde ich doch nie wieder woanders wohnen wollen.

Mit einem speziellen Taschenrechner für große Zahlen rechnete er mir blitzschnell aus, wie viel ich seiner Ansicht nach in den nächsten zwanzig Jahren für Urlaubsunterkünfte ausgeben würde, mit Zins und Zinseszins. Er kam auf 179 221 Dollar.

Ich sagte: Schwanz, das ist eine wirklich große Summe! So viel Geld hätten vielleicht nicht mal Siegfried und Roy.

Hysterisch lachend erklärte mir Richard den einzigen

Ausweg aus meiner Finanzmisere: Ich solle sofort Teilzeit-Eigentümer einer Hilton-Hotelsuite werden, und zwar für lächerliche 25 000 Dollar. Dafür könne ich dann eine Woche pro Jahr im Hilton wohnen, natürlich umsonst.

Ein Pappenstiel, dachte ich, denn ich hatte zuvor im Spielcasino vierzig Dollar gewonnen, und zwar in weniger als sechzig Sekunden! Gut, dafür hatte ich zunächst mal zwanzig Dollar in das Gerät eingeben müssen, um das Spielsystem zu begreifen, das darin bestand, ununterbrochen Geld einzuwerfen und dann am Hebel zu ziehen. Aber dann hatte ich das Spiel verstanden, und es flutschte! Es machte vierzigmal hintereinander Klack!Klack!Klack!Klack!, und jedes Mal fiel ein großer schwerer Dollartaler in die Auffangschale.

Hochgerechnet wären das 2400 Dollar pro Stunde, verstehst du, Schwanz, da hätte ich die Bude in zehn Stunden und zehn Minuten abbezahlt, rief ich, und für dich, Schwanz, ist noch ein schönes Trinkgeld mit drin!

Richard rieb sich die Lachtränen aus den Schlitzen unterhalb seiner Frisur, dann schob er mir einen Vertrag hin. Hier müsse ich unterschreiben, 1200 Dollar Anzahlung würden schon ausreichen. Überlegen dürfe ich mir die Sache leider nicht, meinte Richard bitter, denn sonst könne ich mir ja zu Hause ganz leicht ausrechnen, dass die Hilton-Hotelgruppe auf diese Weise für ein popeliges Zweizimmerapartment mit vierzig Quadratmetern rund 1,25 Millionen Dollar einnehmen würde, plus 50 000 Dollar Nebenkosten pro Jahr, also ungefähr zehnmal so viel wie hier in Las Vegas eine vergleichbare Immobilie beim Makler kosten würde. Daher müsse ich jetzt sofort unterschreiben, das sei ja hier ein «first day signing», es gebe nur die Möglichkeit, sofort zu unterschreiben, andernfalls mache er, Richard, sich strafbar, und als er «strafbar» sagte, schaute er mich mit einer Mischung aus blankem Entsetzen und Abscheu an.

Wie ich mich fühlte, fragte Richard.

Gut, Schwanz, sagte ich.

Ob ich nun noch irgendwelche Fragen hätte.

Nein, Schwanz, sagte ich, mir ist alles restlos klar. Mir ist klar, sagte ich, dass wir beide, du und ich, Schwanz und Ollie, dass wir zusammengehören, dass wir ein Team sind.

‹What happens in Vegas, stays in Vegas›, heißt es doch, rief ich. Wir würden uns einfach mit Gewalt Zutritt zum Palast von Siegfried und Roy verschaffen, da würden die beiden Ausnahmemagier bestimmt nicht schlecht staunen, wir würden mit einer magischen Handbewegung die Herz-Hirn-Lungen-Maschine, die Roys Hülle momentan am Leben hielt, zum Verstummen bringen, dann kämen auch schon Siegfried und Heino angewanzt, aber wir würden sie einfach packen und beide caramba, karacho den weißen Tigern zum Fraß vorwerfen, wir würden den Laden einfach übernehmen, die neuen Magier des Jahrtausends und in Las Vegas gefeierte Milliardäre werden! Das in etwa sei mein Plan.

Aber würde Richard auch mitmachen? Und wo war Richard überhaupt? Ich saß mittlerweile alleine am Verhandlungstisch und sah genau, wie draußen der Schnee von den Palmwedeln tropfte. Die Sonne wütete wacker wüstenmäßig.

Kopfschüttelnd betrat Richard nun wieder die Verhandlungskabine. Vor sich trug er, mit weit ausgestrecktem Arm, eine gelbe Haftnotiz her, auf die er, den Schlagersängerkopf fassungslos schüttelnd, starrte.

Nein, also so etwas habe er noch nicht gesehen, *noch nie!* Gerade habe er das durchs Telefon erfahren, es gebe noch nicht mal ein Fax davon, so *absolut brandaktuell* sei das hier, und eine derart kleine Zahl sei ihm in seiner zehnjährigen Salesmankarriere *noch nie* untergekommen, er habe *noch nie*, und das wollte er auf der Stelle beschwören, noch *absolut nie irgendetwas* unter einem Preis von 10 000 Dollar verkauft! Doch heute könne er mir und der Welt zum ersten Mal dieses völlig neue Angebot unterbreiten: 8700 Dollar! Nur! Und dafür dürfe ich alle zwei Jahre in einem etwas schlechteren Hotel außerhalb von Las Vegas eine Woche wohnen – umsonst natürlich.

Umsonst. Ja, es war alles umsonst.

Ich stand auf, lächelte gequält, drückte Richards immer noch zu weiche und zu seifige Hand und sagte: Danke, Schwanz, es war mir ein Vergnügen, aber unsere Auffassungen sind zu verschieden.

Als er zu weinen anfing, verließ ich Las Vegas.

Matthias Sachau
URLAUB MIT ...

Vorbemerkung

Die Originalfassung des folgenden Texts wurde von einem mir nicht bekannten Autor in einem Notizbuch niedergeschrieben, das ich zufällig in unserem Altpapiercontainer gefunden habe. Leider waren etliche Seiten herausgerissen, und auf den verbliebenen war die Schrift oft dick mit Wachsmalkreide übermalt oder durch seltsame Flüssigkeiten unleserlich gemacht. Die verloren gegangenen Textstellen wurden in dieser Ausgabe markiert.

Trotz des Verlusts des größten Teils und der fragwürdigen Qualität der erhaltenen Passagen halte ich dieses Dokument für bemerkenswert, weil … hm, schwer zu sagen.

Berlin, 18. 1. 2012, Matthias Sachau

... Bagage

[...] wäre es naiv zu glauben, dass man mit kleinem Gepäck reisen kann, wenn man mit zwei Kindern unterwegs ist. Trotzdem erschütterte mich das Ergebnis am Ende der Packerei wieder einmal bis ins Mark. Wir haben nach anderthalb Tagen Nettopackzeit gefühlte zwei Tonnen auf alle Koffer und Rucksäcke, die wir besitzen, verteilt, plus eine große Plastiktüte, in die wir die Stofftiere und ein paar restliche Dinge reingestopft hatten. Ein kurzer Tragetest im Flur brachte endgültig Klarheit: Wir waren außerstande, den ganzen Gepäckberg ohne fremde Hilfe zu bewegen, selbst wenn wir unseren Kleinen noch zu Trägerdiensten hätten heranziehen können.

Es musste auch nicht sein, beruhigten wir uns. Wir würden uns ein Großraumtaxi rufen, damit zum Bahnhof fahren, uns dort zwei Gepäckkarren nehmen und uns beim Einsteigen helfen lassen. Das würde schon klappen. Trotzdem, etwas weniger wäre vielleicht mehr gewesen.

Gut, der Kleine mit seinen noch nicht einmal drei Jahren, der benötigt im Urlaub einen Kubikmeter Pflichtzeug, darüber brauchte man gar nicht erst zu diskutieren. Vom Aprikosenmus bis zum Windelvorrat kam einfach eine Menge zusammen. Aber dann der zweite Kubikmeter mit dem Zeug, von dem nur meine Frau glaubte, dass er es dringend braucht. Doch über diese Dinge sollte man ebenfalls nicht diskutieren. Außer, man will die erste Urlaubs-Beziehungskrise schon vor dem Abfahrtstag erleben. Nein, alle Fragen, die in die Richtung zielen, ob der Kleine wirklich drei verschiedene Sandschaufeln benötige, sind in solch angespannten Situationen strikt zu vermeiden. Lieber heimlich an der eigenen Unterwäsche sparen. Zum Glück ist unser Großer gepäcktechnisch einfacher zu handhaben. Die Regel «Alles, was du im Zug brauchst, musst du selber packen und selber tragen!» erachteten meine Frau und ich überraschend einvernehmlich für pädagogisch sinnvoll. Aber eine echte Mutter kann am Ende doch nicht abreisen, wenn sie nicht auch für ihr anderes Kind einen Lastwagen voll dinglicher Liebesbeweise mitschleppt. Der zusammengetragene Klamottenberg für den Großen füllte also mit Leichtigkeit zwei ganze (...)

(...) hätte ich eigentlich froh sein sollen, dass wir es tatsächlich geschafft hatten, mit all unserem Gepäck in den Zug zu steigen, und uns die auf dem Bahnsteig stehengelassene Tasche mit Geld, Tickets und Papieren im letzten Moment von einem aufmerksamen Passanten durch die sich bereits schließende Zugtür hinterhergeworfen worden war, aber dennoch bestimmte weiterhin Angst meine Gefühle. Seltsam. Früher war doch alles viel schlimmer. Als es noch keine erschwinglichen tragbaren Geräte mit Bewegtbild gab, war eine Zugfahrt mit Kindern eine existenzielle Herausforderung für alle Beteiligten. Dass wir lange Reisen überhaupt durchstehen konnten, ohne an Langeweile zu sterben, lag wahrscheinlich nur an den damals recht großzügig gestalteten Kofferablagen, in die wir uns hineinlegen konnten, was anscheinend so aufregend war, dass es uns über jede Strecke hinweggeholfen hat. Und im Auto war es der dramatische Kampf gegen die Übelkeit. Während der Reise Filme gucken, und noch dazu welche, die man sich vorher selbst ausgesucht hat, das haben wir uns damals nicht einmal ausmalen können.

Vieles könnte also heute ganz einfach für uns sein, wenn ich, sobald wir Platz genommen haben, einfach meinen Laptop herausholen und eine der DVDs einlegen dürfte, die unser Großer in seinem Rucksack mitführt. Aber nein, ein Bildschirm ist – ewige, niemals in Frage zu stellende Weisheit – schädlich für Kinder. Jawohl. Bewegungsmangel, tumbes passives Konsumieren, die Augen. Schlimmer nur der Teufel selbst. Nein, bevor der Große einen Film gucken darf, muss er ihn sich erst durch aktive Teilnahme an einem munteren Kartenspiel mit uns verdienen, findet meine Frau. Die ewige, ebenfalls niemals in Frage zu stellende Weisheit, dass ein Kartenspiel mit dem Kleinen auf dem Schoß nicht geht, weil er sich jede Karte, die vor uns auf dem kleinen ICE-Tischlein liegt, schnappt, um in sie hineinzubeißen, wird seltsamerweise viel weniger (…)

(…) hätte es auch so sehen können, dass sich nun alles etwas entzerrte, und war ja auch nicht schlecht, ein wenig Bewegung zu bekommen. So eine ganze Zugfahrt immer nur sitzen, und dabei nicht einmal etwas lesen zu können, weil dauernd Alarm (…) war es mir im ersten Moment gar nicht so unrecht, als der Kleine nach einer halben Stunde endlich auf sein Recht pochte, im Zug spazieren gehen zu dürfen. Das konnte er natürlich nicht alleine, da musste ein Erwachsener hinterher, klar. Und das erste Mal durch den ganzen ICE bis ans eine Ende, und von dort aus zurück und bis ans andere Ende, das machte mir wirklich Spaß. Die Leute fanden uns richtig klasse, als wir vorbeikamen. Gibt auch nichts Drolligeres als so einen Kleinen, der gerade laufen gelernt hat und jetzt hinauswill in die Welt. Und weil der Kleine im Moment immer das Lächeln seiner besten Kindergartenfreundin nachmacht, wenn er Leute anschaut, und ihm das nicht so richtig gelingt und er mehr so aussieht wie ein Revolverheld, der gerade in eine Zitrone gebissen hat, fiel unsere Performance besonders niedlich aus. Die Leute lachten sich scheckig.

Bei der zweiten Runde kannte man uns schon. Überall großes Hallo. Spätestens nach der dritten Runde wäre es mir aber doch sehr recht gewesen, wenn nun Schluss gewesen wäre mit der Lauferei, aber das konnte ich vergessen. Erst als meine Frau mich, wie versprochen, nach der vierten Runde ablöste, konnte ich (...)

(...) überaus erstaunlich, dass er nur noch zwei Runden mit meiner Frau gegangen war und nun erst mal wieder ganz ruhig auf meinem Schoß saß. Hieß zwar, dass ich meine Zeitung gleich wieder wegpacken konnte, obwohl ich mich gerade erst warmgelesen hatte, aber das war nicht das Schlimmste. Das Schlimmste war, dass nun ein Programmpunkt bevorstand, gegen den das durch den Zug Wandern pure Erholung war: Essen.

Ähnlich wie beim Packen existieren auch bei der Frage, wie sich die Familie unterwegs ernährt, gewisse Meinungsverschiedenheiten zwischen mir und meiner Frau. Ich vertrete den pragmatischen Ansatz. Jeder, der von Hunger oder Durst geplagt wird, soll sich, wann auch immer er will, diskret aus der Essenstasche bedienen. Alles, was klebt oder schmiert, hat in dieser Tasche nichts verloren, Krümeln ist hingegen okay.

Meine Frau nähert sich der Herausforderung des unterwegs die Familie Ernährens mehr über die Ebene des Stils. Sprich, nur weil man im Zug sitzt, heißt das noch lange nicht, dass die Tafel nicht auch dort ansprechend aussehen kann. Zumindest gehobenes Picknick-Niveau muss

195

drin sein. Deshalb wurde das Tischlein freigeräumt, jeder Essplatz mit einer liebevoll drapierten farbigen Papierserviette markiert, und dann wurden die Schätze ausgebreitet. Getrunken wurde selbstverständlich aus Bechern und nicht aus der Flasche. Und damit begannen auch die Probleme. Die mathematische Formel, nach der die Standzeit eines gefüllten Bechers auf einem Tisch bei Anwesenheit eines zweijährigen Kindes gegen unendlich kurz tendiert, geht an der Realität vorbei. Unser Kleiner ist ohne weiteres in der Lage, mit einem einzigen Handstreich gleich mehrere Becher von der Platte zu fegen, wenn der Tisch nur klein genug ist. Und da ich mich mit meinem Anliegen «nichts, was klebt» ebenfalls nicht durchsetzen konnte, sind unsere Becher mit Apfelsaft gefüllt, weil Vitamine. Es gelang mir zwar, während der gesamten Mahlzeit jeweils zwei Becher konstant festzuhalten, aber das hieß, dass immer noch zwei andere (...)

(...) habe aufgehört zu zählen. Er zieht mich Runde um Runde an seiner vom Apfelsaft klebrigen Hand hinter sich her oder zerrt an meiner vom Apfelsaft klebrigen Hose. Die Leute schauen nur noch gelangweilt an uns vorbei, und (...)

(...) Ankunft kam ein Arbeitsaufteilungskonzept zum Einsatz, das sich seit Jahren sehr bewährt hatte: Nachdem wir unser Apartment alle zusammen kurz angeschaut und gutgeheißen hatten, sollte ich mit den beiden Kindern für zwei Stunden nach draußen verschwinden. In dieser Zeit leerte meine Frau unsere Gepäckbehältnisse und füllte die Schränke. Eine Herkulesarbeit. Dafür, dass sie das immer wieder auf sich nimmt, gebühren ihr grenzenlose Bewunderung und Dankbarkeit.

Ich erkundete derweil mit den beiden Jungs das Gelände. Erkunden hört sich gut an, aber leider hatten wir, bedingt durch gewisse Altersunterschiede, völlig unterschiedliche Vorstellungen davon. Der Große suchte den im Reiseprospekt versprochenen Fußballplatz und fand ihn in Sekundenschnelle. Er muss ein besonderes Organ dafür haben. Seine erwartungsfrohen Blicke brachen mir das Herz. Nichts hätte ich lieber getan, als sofort anzufangen, mit ihm Bälle zu treten, und nicht mehr aufzuhören, bis die Nacht hereingebrochen wäre.

Das ging aber nicht. Der Kleine hatte auch seine Bedürfnisse: Das ganze Gelände von vorne bis hinten nach den besten Gelegenheiten zu durchkämmen, um sich umzubringen. Auch er wurde fündig. Und wie. Ein ganzes Dutzend erstklassiger Selbstmordoptionen für Zweijährige in nur einer halben Stunde. Und was für eine Vielfalt! Vom Badeteich über die Zufahrtsstraße bis hin zu dem Terrassengeländer, bei dem die Stäbe einen Tick zu weit auseinanderstanden. Auch er muss irgendein besonderes Organ dafür (...)

(...) dass die Küche anders und natürlich schlechter eingerichtet ist als bei uns zu Hause, hat uns nicht davon abge-
halten, ein Abendessen herzustellen. Weil alle hungrig
waren, schmeckte es auch und die Stimmung war prima.
Ich versuchte meiner Frau nebenbei ein umfassendes Refe-
rat über die Gefahrenstellen des Geländes zu halten, aber
das war etwas schwierig. Wir nahmen uns stattdessen
vor, einen Rundgang zu machen, sobald die Kinder eingeschlafen waren. Das konnten wir allerdings vergessen. Der
Kleine war von der neuen Umgebung und allem so auf-
gekratzt, dass (...) und natürlich führte kein Weg dahin,
dass der Große sich schlafen legt, *bevor* der Kleine im Bett
ist. Fast rührend, mit welcher Willenskraft er Stunde um
Stunde auf dem Sofa saß und mit dem Kopf immer wieder
in seinen Comic fiel, während der Kleine die Wände rauf
und runter (...) machten uns am Ende gemeinsam mit dem
immer noch quietschfidelen Kleinen auf den Rundgang.
Ein Vorteil war, dass er meiner Frau nun persönlich die
Gefahrenstellen vorführen konnte; ein Nachteil, dass sein
Gejuchze uns sofort die ersten Feinde unter den anderen
Gästen einbrachte. Zurück im Apartment, fielen wir todmüde ins Bett, und während der Kleine auf mir herum-
hüpfte und in Dauerschleife «noch mal draußen» krähte,
schlief ich irgendwann aus Erschöpfung ein.

Der nächste Morgen hielt ein kleines Wunder parat: Wir
wurden nicht vom Kleinen geweckt. Auch nach dreimal
Augenreiben sah die Situation immer noch gleich aus. Er
schlief, ich war wach. Schwer zu begreifen.

Noch seltsamer war, *wie* er schlief. Mit den Füßen in der halb herausgezogenen untersten Schublade einer Kommode, Kopf und Oberkörper bequem obendrauf abgelegt. Ich fand das eine beeindruckende kreative Leistung und hätte ihn gerne so weiterschlafen lassen, aber meine Frau versuchte ihn umzubetten. Dabei wachte er auf und schrie anschließend eine halbe Stunde lang wie (…)

(…) der Kleine nach drei Tagen zwar immer noch nicht ganz zu seinem gewohnten Rhythmus gefunden hatte, aber jetzt wenigstens zuverlässig vor zehn einschlief, was meiner Frau und mir die Möglichkeit eröffnete, nach den nötigen Aufräumarbeiten jeweils noch ein halbes Glas Rotwein auf der Terrasse zu trinken und dabei durchaus den einen oder anderen vollständigen Satz zu wechseln, bevor der erste von uns mit dem Kopf auf der Tischplatte (…)

(…) gibt es einen magischen Zeitpunkt in jedem Urlaub: Wenn man endlich angekommen ist. Wir alle fühlten uns vertraut mit Haus und Gelände, jeder hatte seine Lieblingswinkel, der Große hatte Freunde gefunden, die ihn verschmerzen ließen, dass der Kleine die Zeit seiner Eltern fast restlos auffraß, der Kleine hatte akzeptiert, dass wir nicht ruhig zuschauen, wie er sich umbringt, wir hatten so etwas wie einen Tagesrhythmus gefunden, und dieses komische Ding mit der Ruhe, die man ja im Urlaub so schätzt, war auf einmal da. Wunderbar, sollte man meinen.

Aber ich wusste nur zu gut, dass der nächste schwere Schlag schon drohte. Und wirklich, am gleichen Nachmittag, ich stieg gerade aus dem Badesee und tapste zu unseren Liegestühlen, wo ich meine Frau bei ihren Bewachungsdiensten ablösen wollte, da schaute sie mich an, und noch bevor sie ein Wort sagte, wusste ich, was nun kommen musste: «Wir müssen endlich mal einen Ausflug machen» (...)

(...) diesem Ort war die ganze mühsam abgespeicherte Karte in unserem Köpfen, auf der alle Gefahrenstellen verzeichnet waren, und alle Fluchtwege und alle Lieblingsverstecke, natürlich wertlos. Er war weg! Und wir kannten uns überhaupt nicht aus! Schweren Herzens verschoben wir den Streit, wer nun gerade mit Aufpassen dran gewesen und folglich schuld war, auf einen späteren Zeitpunkt und begannen mit dem situationsgemäßen panischen Herumrennen. Im Stillen fragte ich mich einmal mehr, was denn nur so reizvoll sein sollte an diesen blöden Wochenmärkten, dass sie bei Urlaubern immer an oberster Stelle der Sehenswürdigkeiten einer Stadt (...)

(...) ich solle endlich einen halben Tag lang mit ihm Fußball spielen. Und das als Antwort auf den Satz «Dafür, dass du deinen kleinen Bruder gefunden hast, als alle schon aufgegeben hatten, und das an einem Ort, den niemand für möglich gehalten hätte, darfst du dir etwas wünschen, und egal was, es wird erfüllt, so wahr ich Markus heiße». Ich stand vor der Wahl: Antworten und gleichzeitig vor

Rührung losheulen, oder nicht antworten und die Tränen runterschlucken. Am Ende behalf ich mich mit einem Nicken und (…)

(…) muss man meine Frau auch verstehen. Natürlich findet sie es nach außen okay, wenn wir mal richtig lange miteinander Fußball spielen und sie währenddessen auf den Kleinen aufpasst. Innerlich fühlt sie sich aber ausgeschlossen und kriegt schlechte Laune. Und wenn man bedenkt, dass die gesamte Zeit, die wir beide bisher in diesem Urlaub als Paar allein miteinander hatten, unter dem Strich etwa der Hälfte der Zeit entspricht, die ein kinderloses Ehepaar bei einem einzigen abendlichen Restaurantbesuch füreinander hat, ist es nur umso mehr (…) daran dachte, dass wir ja auch noch die Rückfahrt bewältigen mussten, begann ich mich zu fragen, wie lange meine Frau und ich und unsere Beziehung brauchen würden, um uns von diesem Urlaub zu erholen. Und es kam noch schlimmer. Ich begann mich bei einem Gedanken zu ertappen. Einem fürchterlichen Gedanken. Menschenverachtend, zynisch, finsterste Ketzerei, die Verleugnung sämtlicher Werte unserer Gesellschaft. Aber er kam immer wieder, sosehr ich mich auch dagegen sträubte. Die Sätze formten sich in meinem Kopf, ohne dass ich etwas dagegen tun konnte: Wie wäre es, wenn wir statt Urlaub zusammen einfach *Urlaub voneinander* machen würden? Oder, noch besser, in kleinen wendigen Zweiergruppen verreisen würden? Der Große und ich, eine Woche lang nur Fußballspielen und -gucken. Der

Kleine und ich, eine Woche zu den Großeltern. Meine Frau und ich, zwei Wochen in ein Reiseprospekt-Paradies, faul sein, essen, trinken, tanzen. Womöglich sogar Sex (...)

(...) denn mein Kollege hatte sogar angeklopft, bevor er in mein Büro kam. Aber erst als ihm das «Na, wie war der Urlaub?» hörbar auf halbem Weg im Halse steckenblieb, wusste ich, dass etwas nicht stimmte. Ich kam nur nicht sofort darauf. Seinem ebenso starren wie verstörten Blick entnahm ich nur, dass es mit mir zu tun haben musste. Davon ausgehend wurde ich mir wenige Augenblicke später der ganzen Wahrheit bewusst: Ich umarmte meinen Schreibtisch. Ich lag bäuchlings obenauf, hatte beide Arme um die Tischplatte geschlungen und machte «mhmmmm».

Nachdem mein Kollege die Sprache wiedergefunden hatte, fragte er, ob er vielleicht später (...)

(...) wie schön Stille sich anhört (...) ein einziger Tag so viel Erholung bringen kann (...) meine drei Schätze abends zu sehen, nachdem ich sie den ganzen Tag über vermisst hatte. Und ja, es gibt keinen Platz wie zu Hause. Es ist der einzige Ort, wo rund um dich herum alles im Chaos versinken kann und du trotzdem ganz ruhig mit einem Lächeln auf dem Gesicht einschläfst. Vielleicht sollte man einfach (...)

(...) habe meinem Chef gestern zum zweiten Mal gesagt, dass ein Besuch beim Betriebspsychologen für mich nicht in Frage käme, dass es mir so gut ginge wie noch nie und dass die Sache mit dem Schreibtisch am Montag nichts weiter als Ausdruck purer Arbeitsfreude (…) meine Frau kurz nachdem ich nach Hause gekommen war, anfing mit Reiseprospekten herumzuwedeln und meinte, wir müssten bald für nächstes Jahr buchen, weil sonst alles weg wäre, überlege ich aber nun doch (…)

Mia Morgowski
URLAUB MIT ...

... richtig guter Planung

Noch 21 Tage ...

Ich war noch niemals in New York.

Ich war auch noch niemals in Antalya. Oder auf Mallorca. Ich hatte allerdings auch noch niemals eine feste Freundin. Also, für länger als drei Monate, meine ich. Doch das hat sich geändert. Seit einem Dreivierteljahr gibt es Lena, die tollste Frau der Welt – meine Freundin. Und die will nun verreisen. Mit mir.

«Ich würde gern etwas Ruhiges und Entspannendes machen», schlägt Lena vor und spricht mir damit aus der Seele. Ein gemeinsamer Urlaub erscheint mir schon abenteuerlich genug, ich möchte meinen Puls nicht auch noch durch lustiges Fallschirmspringen aus einer stümperhaft gewarteten Tupolew 154 in die Höhe treiben.

Ach, was bin ich nur für ein Glückspilz. Ist ja schließlich keine Selbstverständlichkeit, dass man sich mit seiner Freundin auf Anhieb einigt. Wenn das kein Zeichen für eine übereinstimmende Lebenseinstellung ist, dann weiß ich es auch nicht. In drei Wochen soll es losgehen. Der einzige Termin, an dem Lena in ihrer Kanzlei spontan zwei Wochen Urlaub bekommen hat. Uns bleiben somit von heute an noch 21 lässige Tage für die Reiseplanung. Ein Kinderspiel, dank Internet. «Ach Florian», seufzt Lena glücklich, «ich freu mich schon so. Nur wir beide – das wird wunderbar romantisch!»

Noch 20 Tage ...

Noch keine Idee, wohin die Reise gehen könnte. Allerdings beschleichen mich erste, diffuse Zweifel bezüglich unserer übereinstimmenden Lebenseinstellung. *Wunderbar romantisch* – woran erinnert mich das nur?

Noch 19 Tage ...

Ich komme nicht drauf. Es kann aber nichts Gutes gewesen sein. Vermutlich war es sogar etwas Schreckliches. Etwas, das mich abgrundtief verstört hat und das nun, für mein Bewusstsein unzugänglich, tief in meiner Seele schlummert, um mich von dort aus beim Urlaubsziel-Brainstorming zu blockieren.

Vielleicht sollte ich mal über eine Therapie nachdenken?

Noch 18 Tage ...

Schlechte Nachrichten. Lena ruft aus der Kanzlei an und erklärt, es gäbe momentan derart viel zu tun, dass sie sich unmöglich nebenbei auch noch um die Urlaubsplanung kümmern könne. Tja, jetzt weiß ich jedenfalls, warum einem bei Dating-Portalen immer von Lehrern und Anwälten abgeraten wird. Lehrer haben zu viel Zeit, Anwälte – wie Lena – zu wenig.

«Kümmerst du dich um unseren Urlaub, Flori?»

«Natürlich, mein Schatz.»

«Irgendetwas wunderbar Romantisches, ja?»

«Äh ... geht klar.»

«Ruhig und entspannend.»

«Jep!»

«Vergiss aber nicht, dass ich hier nur Mitte Mai wegkann. Wenn wir dann nicht fahren, bekomme ich auf absehbare Zeit erst mal keinen Urlaub mehr.» Lenas Stimme klingt gequält.

«Weiß ich doch. Mach dir keine Sorgen, ich überlege mir etwas Schönes.»

«Ach Flori, das ist supersüß von dir!»

Ich muss wahnsinnig sein. Ich kann unmöglich beides schaffen: meiner vielbeschäftigten Freundin einen ruhigen, entspannenden, *wunderbar romantischen* Urlaub organisieren und nebenbei noch eine Therapie besuchen. Ich muss Prioritäten setzen.

Nehme die Urlaubsplanung.

Noch 17 Tage ...

Ich hätte mich für die Therapie entscheiden sollen! Gerade ist mir wieder eingefallen, woran mich die Worte *wunderbar romantisch* erinnern. Ich bin nur deshalb nicht gleich draufgekommen, weil Lena damals *wunderbar besinnlich* sagte und damit tatsächlich etwas abgrundtief Schreckliches meinte: unsere erste, gemeinsame Adventszeit. Ein apokalyptischer Höllentrip. Vier Wochen besinnungsloser Stress, die wie brennendes Napalm durch mein Leben wüteten.

Und nun drängt sich mir die Frage auf, was Lena wohl unter einem *wunderbar romantischen* Urlaub versteht? Möglicherweise doch Fallschirmspringen?

Noch 16 Tage ...

«Miete einen Wohnwagen, kauf dir 'ne Angel und grill ihr jeden Abend einen selbstgefangenen Fisch», schlägt mein Kumpel Jens vor, als ich ihn telefonisch zum Thema Urlaub im Allgemeinen und wunderbare Romantik im Besonderen befrage. «Frauen stehen auf männliche Kerle, die ihnen mit bloßen Händen wilde, erlegte Tiere zu Füßen legen.»

Und schon bereue ich es, ihn überhaupt gefragt zu haben. Romantik war genau genommen noch nie sein Steckenpferd.

«Wieso denn mit bloßen Händen», hake ich nach. «Ich denke, ich soll das Tier mit einer Angel fangen?»

«Das ist doch quasi dasselbe.»

«Aha. Und du meinst, Fische zählen zu den wilden Tieren?»

«Herrgott, Floh, das kommt natürlich auf den Fisch an. Aber so ein leckeres Haifischsteak – das hat schon was.»

Also, ich weiß ja nicht. Wie soll ich es denn bitte schön innerhalb von zwei Wochen mit dem Wohnwagen in eine Gegend schaffen, in der man Haifische angeln kann?

«Vergiss den Wohnwagen.» Meine Kollegin Heike, bei der ich Jens' eigentümliche Idee absichern will, schüttelt verständnislos den Kopf. «Völliger Schwachsinn.» Und dann fügt sie noch hinzu: «Und Lena möchte wirklich, dass *du* den Urlaub planst? Allein?»

«Äh ... ja. Was ist denn daran bitte schön so abwegig?»

Heikes Augen werden groß. «Na, du bist ein Mann. Noch dazu IT-Berater. Du lebst sozusagen hinterm Mond. Das kann nicht gut gehen. Außerdem ...» Sie macht eine Pause, um dann das Totschlagargument zu bringen: «Reiseplanung ist nun mal Frauensache.»

Lächerlich. «Das ist doch ein Klischee.»

«Ist es nicht», protestiert sie. «Männer und Frauen haben unterschiedliche Vorstellungen vom Urlaub. Das ist wissenschaftlich erwiesen – und somit eine Tatsache.»

Ich hätte in dem Moment gerne angeführt, dass Wissenschaft hingegen Männersache und somit als Argument von ihrer Seite nicht zulässig sei, aber ich will es mir mit Heike als Beraterin nicht verderben.

«Trotz allem bin ich in der Lage, einen Urlaub im Sinne meiner Freundin zu planen.»

«Ach, wirklich?» Heike hebt eine Augenbraue. «Und wieso ziehst du dann auch nur in Erwägung, mit ihr im Wohnwagen angeln zu fahren?»

«Warum denn nicht?»

«Weil keine Frau, die älter als siebzehn ist, gern campen fährt. Jedenfalls nicht die Art von Frau, auf die du so stehst. Und schon gar keine Anwältin.»

Harrr. Wäre eine Lehrerin also doch die bessere Wahl gewesen! Ob ich so etwas auch mit meinem Therapeuten besprechen könnte?

Noch 15 Tage ...

Ich komme zu dem Schluss, dass Weihnachten eine Ausnahme war und Lena aufgrund gesellschaftlicher Zwänge gar nicht anders konnte, als sich von einer Welle streng reglementierten Brauchtums mitreißen zu lassen. Dass dabei das Besinnliche abhandengekommen ist, war somit nicht ihre Schuld. Logische Konsequenz daraus: Ihr Wunsch nach Romantik im Urlaub muss somit ernst genommen werden und hat bezüglich der Ferienplanung ab sofort oberste Priorität.

Dinge, von denen ich glaube, dass sie einen wunderbar romantischen Urlaub ausmachen:

– glutrote Sonnenuntergänge (Toskana?)
– abendliches Essen unter freiem Himmel (Spaghetti alla Puttanesca?)

– ein im Louis-Quinze-Stil eingerichtetes Hotelzimmer. Mit seidenen Vorhängen, die sich leise im lauen Sommerwind bewegen (darf nicht so teuer sein)

– ein opulentes, gut gefedertes Rokoko-Bett, auf dem sich unsere Körper nach Sonnenuntergang und Spaghetti Puttanesca lustvoll wälzen (darf nicht von Ikea sein)

Fazit: Wir fahren nach Italien.

Noch 14 Tage ...

Heike findet Italien doof. «Fahrt lieber nach Griechenland», mischt sie sich ungefragt in mein Brainstorming ein. «Dort ist es billiger, und ihr bekommt statt jeden Tag nur Spaghetti ein komplettes Fünf-Gänge-Menü zum selben Preis.»

«Und die Sonnenuntergänge sind auch spektakulär?»

Heike rollt mit den Augen. «Viel schöner als in der Toskana.»

Langsam wird die Sache kompliziert. Aber da Heike eine Frau ist und sich somit, laut wissenschaftlicher Erkenntnisse, mit Urlaubsplanung und infolgedessen höchstwahrscheinlich auch mit Romantik (Fachgebiet Sonnenuntergänge?) auskennt, darf ich ihren Vorschlag nicht ignorieren. Obwohl mir bei dem Gedanken an ein Fünf-Gänge-Menü, bestehend aus 1.) Krautsalat, 2.) Gyros mit Tzatziki, 3.) Pommes, 4.) Krautsalat, 5.) Ouzo jetzt schon schlecht wird.

Was spricht überhaupt neuerdings gegen Italien? Ich

meine, Luca Toni, Flavio Briatore und meinetwegen auch Eros Ramazzotti – sie alle können doch nicht irren!

Noch 13 Tage ...

Lena ruft in ihrer Mittagspause an und will wissen, wie weit ich mit der Planung bin.

«Ich habe so gut wie gebucht, mein Schatz. Mehr kann ich dir zum jetzigen Zeitpunkt noch nicht sagen.» Ich senke geheimnisvoll die Stimme. «Es soll eine gigantische Überraschung werden.»

Habe ich wirklich *gigantische* Überraschung gesagt? Lena hasst Überraschungen, und wenn ich im bisherigen Tempo weitermache, wird das Ganze außerdem eher zu einem gigantischen *Fiasko*.

Also doch noch mal Hilfe bei Jens einholen. Zum Thema Romantik war er ja leider nicht zu gebrauchen, aber möglicherweise versteht er etwas von Sonnenuntergängen. Tut er tatsächlich. «Vergiss Italien», knurrt er, und ich atme hörbar ein. Offenbar ist da tatsächlich ein Trend an mir vorbeigezogen.

«Griechenland ist allerdings auch Bullshit», fügt er vernichtend hinzu. «Null Sonnenuntergänge. Wohin du auch schaust, immer steht irgendeine olle Säule im Weg. Aber ich verrate dir etwas.» Sein Tonfall wird ernst. «Sonnenuntergänge werden ohnehin überbewertet. Schaut lieber gemeinsam in einen Sonnen*aufgang*, das ist cool. Mein Tipp: Mauritius.»

Ja, das klingt einleuchtend. Also, ein bisschen jedenfalls. Nur – sagte Lena nicht *wundervoll romantisch*? Ob das mit *cool* zusammengeht?

Noch 12 Tage ...

Es geht nicht zusammen. Jedenfalls nicht auf Mauritius und nicht bei meinem Kontostand. Es sei denn, wir möchten bei unserer Rückkehr von einem RTL-Team und Schuldenpapst Peter Zwegat in Empfang genommen werden. Außerdem bin ich zu dem Ergebnis gekommen, dass Sonnenaufgänge frühes Aufstehen erfordern, was wiederum total unromantisch und unentspannt ist. Also, irgendwie scheint mir das hier doch kein Kinderspiel zu sein. Lässige Urlaubsplanung sieht jedenfalls anders aus. Eine Woche habe ich bereits damit vertrödelt, Tipps von Freunden einzuholen, die, wenn ich es mir recht überlege, über den Harz noch nicht hinausgekommen sind. Da wäre ein Therapeut (mit Fachgebiet Urlaubsplanung) definitiv die bessere Wahl gewesen.

Noch 11 Tage ...

Gerettet! Ich entdecke in der *Welt* einen Artikel, der genau auf meine Problematik zugeschustert ist und mir höchstwahrscheinlich das Leben rettet. Denn wie es aussieht, werde ich Lena nun schon bald Ergebnisse präsentieren können.

Laut wissenschaftlicher Erkenntnisse verhält es sich nämlich so: Beide Geschlechter lechzen gleichermaßen danach, in den Ferien einen Gang zurückzuschalten. Dabei entspannen sie allerdings auf unterschiedliche Weise. Männer beim Sex und Frauen beim Shoppen. Und jetzt, da ich es schwarz auf weiß lese, weiß ich sofort, dass die Wissenschaft recht hat. Und ich habe ein echtes Scheißproblem.

Noch 10 Tage ...

Weg von der Romantik hin zur Entspannung also. Und wenn Frauen beim Einkaufen entspannen und Männer beim Sex, kann es nur eine Lösung geben: Wir müssen irgendwohin fahren, wo Lena sich tagsüber in Trance shoppt, damit ich abends tantrischen Sex mit ihr haben kann. Warum bin ich da nicht gleich draufgekommen?

«Du willst nach Dänemark?», kräht Jens, als ich ihm meine neuesten Rechercheergebnisse vortrage. So wie er *Dänemark* betont, klingt es fast ein bisschen wie *Sarg*. «Ich meine – ist das nicht die Heimat dieses Atomforschers?»

Ich kann nicht glauben, dass er sich so anstellt. «Nicht nach Dänemark, Jens. Nach Kopenhagen. Das ist ein Unterschied.»

«Ach ja? Erzähl.»

«Kopenhagen ist eine Großstadt. Dort kann man wunderbar shoppen.»

«Aber ich dachte, es sollte wunderbar romantisch werden. Ich meine, wir reden doch von dem Dänemark, das von Hamburg aus gesehen noch nördlicher liegt und somit wettertechnisch noch unberechenbarer ist, oder? Gibt's da überhaupt Sonnenuntergänge?»

«Die spielen nun keine Rolle mehr», erkläre ich. «In Kopenhagen kann man Klamotten kaufen, die hier erst ein halbes Jahr später modern werden. Das ist wichtig, denn Frauen entspannen beim Shoppen, weswegen sie danach unbändige Lust auf Sex bekommen.»

Jens schweigt andächtig. Dann bäumt er sich noch mal auf: «Du weißt aber schon, dass dich dort statt Spaghetti Puttanesca Rote Grütze, Hot Dogs und Smørrebrød erwarten, oder? Außerdem liegen in Dänemark überall geknüpfte Teppiche im ‹Dänischen-Bettenlager-Stil› rum, und raschelnde Seidenvorhänge wirst du mit Sicherheit vergeblich suchen. Da ist nämlich alles aus Holz.»

Ich stöhne innerlich. «Mir doch egal. Solange Lena sich entspannt.»

«Aber ich dachte, ihr wollt zwei Wochen wegfahren? Mal ganz ehrlich, Floh, schon nach einer durchgeshoppten Woche steht dir der Sinn garantiert nicht mehr nach Sex. Nur noch nach Fußmassage und Wannenbad. Außerdem ist Skandinavien ein einziges Tiefdruckgebiet. Fahrt lieber nach Rom, dort ist es warm.»

Ich höre wohl nicht richtig. «Und das sagst ausgerechnet du, der mir noch vor vier Tagen von der Toskana abgeraten und mich Richtung Mauritius gelotst hat?»

Jens findet meinen Einwand kleinlich und falsch zitiert.

«Dabei ging es lediglich um die Sonnenuntergänge. Und die kannst du in Dänemark komplett vergessen. Dort geht die Sonne nämlich gar nicht erst auf.»

Ich glaube zwar, er verwechselt da etwas mit Norwegen, aber sicherheitshalber kaufe ich mir wegen des Tiefdruckgebiets schon mal eine Regenjacke bei Tchibo.

Noch 9 Tage ...

Wetterprognose für Kopenhagen: Regenrisiko 82 Prozent.

Trotzdem war die Regenjacke ein Fehler. Seit ihrer Anschaffung habe ich einen Schnupfen. Einen heimtückischen, möglicherweise stressbedingten Schnupfen, und wenn ich nicht bald unseren Entspannungsurlaub dingfest mache, entwickelt sich daraus am Ende noch etwas Chronisches.

Trotz meiner angeschlagenen Gesundheit habe ich Lena dazu überredet, heute nach der Arbeit einen kleinen Einkaufsbummel mit mir zu unternehmen. Ich will wissen, ob sie dabei tatsächlich entspannt. Und ich später beim Sex. Erst dann kann gebucht werden. Und erst dann beabsichtige ich, sie in meine Pläne einzuweihen.

Aufgrund der dänischen Wetterprognose stecke ich allerdings die Regenjacke ein, um sie später heimlich gegen ein Timbu Padded Jacket mit exzellentem Wärme-Gewichts-Verhältnis, Primaloft-Füllung und wasserfestem Außenstoff für 198,– Euro zu tauschen. Mit einem Schnupfen ist schließlich nicht zu spaßen.

Noch 8 Tage ...

Scheiße scheiße scheiße! Alles ging schief. Der Einkaufsbummel war ein Albtraum. Von Entspannung keine Spur. Im Gegenteil: Ich bin ein Wrack. Vom Betrachten der gefühlten hundert Outfits, die Lena mir gestern präsentierte, knirschen mir noch heute die oberen drei Halswirbel. Dazu kommt ein hektisch zuckendes Augenlid und ein auf Apfelsinenkistenformat angeschwollener Fuß. Dummerweise ist mir nämlich bei dem Versuch, heimlich die neue Regenjacke zu kaufen, ein Esbit-Kocher auf den Fuß gefallen. Einziger Trost: Lena schien glücklich. Und entspannt. Leider habe ich davon nicht allzu viel mitbekommen, da ich bereits vor dem Abendbrot auf ihrer Couch eingeschlafen bin. Jens hatte recht. Zwei Wochen shoppen – und ich bin zu entkräftet, um noch Sex haben zu können. Vermutlich wünsche ich mir dann sogar die «besinnliche» Weihnachtszeit zurück. In der konnte man sich wenigstens am helllichten Tag mit Glühwein betäuben, ohne dabei schief angeguckt zu werden.

Gründe die nach wie vor für Dänemark sprechen:
- das Nichtfunktionieren der Kausalkette Shoppen-Entspannen-Sex ist noch nicht erwiesen
- Halswirbelsyndrom scheint rückläufig
- in Dänemark duzen sich alle (macht das Shoppen zu einem Erlebnis unter Freunden)
- viele verschiedene Biersorten

Neue Wetterprognose für Kopenhagen: Luftfeuchtigkeit beträgt 92 Prozent. Das darf doch nicht wahr sein! Sofort erstehe ich im Internet ein Men's Gotham Jacket von North Face für 319,– Euro mit warmer Daunenfütterung, wasserdichtem HyVent-Gewebe und Fellkragen. Das Timbu Padded Jacket wird nicht ausreichen, das bringe ich morgen zurück (wenn es der Fuß erlaubt).

Noch 7 Tage . . .

Als hätte sie geahnt, dass ich kurz vor dem psychosomatischen Exitus stehe, ruft meine Mutter an. Zwar ist sie, soweit ich weiß, weder Shopping- noch Sex-Experte, wohl aber firm in Sachen Skandinavien. «Junge», gerät sie sogleich ins Schwärmen, «Kopenhagen ist ein Traum! Außerdem wohnt dort die Tante Renate, die *musst* du besuchen. Sie kann euch sicher eine Führung durch Schloss Amalienborg organisieren. Deine Freundin wird es lieben, auf den Spuren der Königsfamilie zu wandeln.» Mutter seufzt ergeben. «Ach Flori, weißt du was? Ich fahre mit euch und bleibe eine Woche bei Renate. Was hältst du davon?»

Gründe, die gegen Dänemark sprechen:
- Tiefdruckgebiet (muss zuerst genannt werden, da Wetter immer schlechter wird)
- das Funktionieren der Kausalkette Shoppen-Entspannen-Sex ist dummerweise auch noch nicht erwiesen

- alle duzen sich (erweckt den Anschein, man wäre mit allen
  befreundet, auch mit dem Atomforscher)
- Smørrebrød, Hot Dog, Rote Grütze
- Tante Renate
- Mutter will mit

Hiermit ist es offiziell, Dänemark ist als Reiseziel gestorben. Und ich werde es vermutlich auch nicht mehr lange machen. Zu dem Schnupfen, den Knirschgeräuschen, der temporären Einäugigkeit und dem Elefantenfuß gesellt sich nun auch noch ein diffuser Ausschlag. Möglicherweise lässt man mich in einige Länder bereits nicht mehr einreisen.

Noch 6 Tage ...

«Komm schon, Flori, verrate es mir!»

Lena ruft von einer Schulung in Wiesbaden an und will wissen, wohin unsere Reise geht. Spontan bekomme ich zu dem Schnupfen, den Knirschgeräuschen und dem Elefantenfuß auch noch Herzrasen.

«Also ... äh ...»

«Sag jetzt nicht, du hast noch nichts gebucht!»

Höre ich da etwa einen gereizten Unterton heraus?

«Flori!?»

«Ja ...?» Ich schnäuze mir die Nase.

«Oh Gott, Liebling, bist du krank? Du klingst ja total erkältet.»

«Ein bisschen. Ich müsste mal kurz inhalieren ...»

«Natürlich. Dann rufe ich einfach später noch mal an.»

«Lieber nicht. Also ... möglicherweise schlafe ich dann.»

«Soll ich die Schulung nicht vielleicht besser abbrechen und mich stattdessen um dich kümmern?»

Oh nein, bloß das nicht! Ich danke dem Herrn, dass ich eine vielbeschäftigte Anwältin zur Freundin habe und keine freizeitfanatische Lehrerin. Sonst müsste ich Lena gestehen, dass die Urlaubsplanung noch etwas stockt. «Äh ... Nicht nötig, mein Schatz. Wirklich nicht. Ich schlafe doch sowieso nur.»

Lena zögert. «Dann gute Besserung. Aber ich rufe dich morgen gleich in der ersten Pause an!»

Heike hatte recht, Männer sind für die Urlaubsplanung nicht geschaffen. Warum nur wollte Lena nicht Fallschirmspringen in der russischen Tundra? Das wäre wenigstens eine konkrete Ansage gewesen. Damit können Männer etwas anfangen!

Noch 5 Tage ...

Ich werde immer schwächer. Wenn ich nur an Urlaub denke, muss ich husten. Denke ich an Lena, bekomme ich Schweißausbrüche. Und der Gedanke, dass ich an einer verschleppten Lungenentzündung sterben könnte, ehe ich die 319,– Euro teure Wetterjacke auch nur einmal getragen habe, schlägt mir auf den Magen.

Noch 4 Tage ...

Melde mich bei der Arbeit krank. Zum einen, weil ich mich wirklich schlecht fühle, zum anderen, weil ich ab sofort jede freie Minute benötige, um mit der Urlaubsplanung voranzukommen. Ich darf Lena nicht enttäuschen! Niemals wieder fände ich eine Frau mit derart übereinstimmenden Lebenseinstellungen. (Weihnachten zählt längst nicht mehr.) Das Internet ist leider auch keine große Hilfe. 32 Millionen Google-Treffer – die Hölle! Wie soll ich mich denn da bitte schön innerhalb von drei Tagen durcharbeiten? Diese Zeit bräuchte ich ja schon, um mir auszurechnen, wie viele Angebote ich pro Minute anschauen müsste!

Noch 3 Tage ...

Kollegin Heike ruft an.

«Ich wollte nur wissen, ob es dir bessergeht oder du doch schon im Urlaub bist.»

Ich gebe ein diffuses Krächzen von mir.

«Oh mein Gott. Du bist ja wirklich krank.»

«Krächz.» (Soll heißen: Was hast du denn gedacht?!)

«Äh ... und wohin fahrt ihr nun?»

«Habeleoeoeofmpfff.» (Soll heißen: Habe immer noch keinen verdammten Schimmer.)

«Wie bitte?»

«Italien.» (Mal sehen, was passiert).

«Oh Flori – das ist ja wunderbar! Ich habe gerade einen

Artikel im Internet gelesen: Italien ist das neue Bali. Wahnsinn, da liegt ihr ganz weit vorn!»

Italien ist das neue Bali? Ich glaube, ich brauche dringend neue Freunde.

Noch 2 Tage ...

Lena hat in meiner Firma angerufen und herausgefunden, dass ich mich krankgemeldet habe.

«Liebling, ich mache mir solche Sorgen», sagt sie, als ich endlich den Hörer abnehme. «Gleich nach meiner Arbeit schaue ich bei dir vorbei und kümmere mich um dich. Soll ich dir etwas mitbringen?»

«Nein danke, ich brauche nichts.» Außer einer dringenden Eingebung, wohin es im Urlaub gehen soll.

«Heike sagte, du hast Herzrhythmusstörungen.»

«Ist nicht so schlimm, wie es sich anhört.» Meine Stimme klingt fest. Gar nicht wie die eines todkranken Mannes, der kurz vor dem Ende seiner Beziehung steht.

«Und möglicherweise eine Stirnhöhlenentzündung.»

«Kaum der Rede wert.»

Lena schweigt einen Moment. Vermutlich hat sie herausgefunden, dass ich nichts gebucht habe, und nun sucht sie nach den passenden Worten, um mit mir Schluss zu machen.

«Flori, ich muss dir etwas sagen.»

Schon klar. Ob sie lieber mit einem ihrer schleimigen Kollegen in Urlaub fährt?

«Du darfst jetzt aber nicht wütend werden.»

Ob Tante Renate auch mit von der Partie ist?

«Und nicht traurig.»

Verstehe. Wegen der 319,– Euro für das Men's Gotham Jacket. Ich werde einfach versuchen, es gegen das Tchibo-Modell zurücktauschen.

«Heike hat mir verraten, was du dir für Gedanken zu unserem Urlaub gemacht hast. Du weißt schon: die Sonnenuntergänge und der Wunsch nach Romantik. Ach, Flori...» Ich kann Lena schlucken hören.

Mir kommen gleich die Tränen.

«Flori, das ist sooooo süß von dir! Wirklich. Und Italien soll ja das neue Bali sein. Der Hammer, was du alles recherchiert und organisiert hast! Aber ganz ehrlich...»

Schon klar. Der Kollege bietet ihr Mauritius.

«Wir müssen das absagen.»

Mir wird schwarz vor Augen, und vor Schreck vergesse ich, dass ich ja gar nichts gebucht habe.

«Mit einer Stirnhöhlenentzündung ist nicht zu spaßen», sagt sie mahnend. «Und mit Herzrhythmusstörungen schon gar nicht. Ein Glück, dass ich ab morgen zwei Wochen Zeit habe, mich um dich zu kümmern. Wir fahren nicht weg, sondern werden stattdessen jeden Spezialisten aufsuchen, den es in der Stadt gibt. Bis du wieder vollständig genesen bist.»

«Aber...»

«Nichts aber! Ab morgen nehme ich die Sache in die Hand.»

Noch 1 Tag …

Blitzgenesung!

Allein die Androhung eines zweiwöchigen Arztmarathons hat mir Sekunden nach unserem Telefonat zu neuer Kraft verholfen. Lena will nach Italien! Warum nur hatte sie das nicht gleich gesagt?

Voller Tatendrang habe ich daraufhin im Internet gestöbert, und siehe da: Morgen geht es los. Last-Minute-Flug nach Rom (neue balinesische Hauptstadt!), wo man laut Google wunderbar shoppen kann. Und entspannen. Und möglicherweise sogar danach noch Sex haben. Zehn Tage Wellnesshotel «Luis Quinze», mit Rokoko-Bett, leise wehenden Vorhängen und Spaghetti Puttanesca. Selbst für einen Angelausflug oder eine eventuelle Kaltfront wäre ich dank der North Face-Jacke gerüstet.

Von wegen Männer können keine Reise planen!

Oliver Uschmann
URLAUB MIT ...

... Wischmopp

Heiko pickt.

Mit einem professionellen Müllgreifer zupft er Zellophan von der Wiese. Sein Aufräumgerät ist ein *Greifboy 21* mit Holzstiel und Stahlseilmechanik, die maximale Öffnungsbreite der Kunststofffinger ist 3,5 Zentimeter. Das reicht, um die meisten Gegenstände aufzusammeln, die man nicht anfassen will. Für die größeren hat Heiko Gummihandschuhe dabei.

«Was macht dein Freund da?», fragt mich ein kleines Mädchen in rotem Blümchenkleid. Es hält einen Trinkkarton mit beiden Händen vor sich. Ich sitze in unserem Wagen, die Tür geöffnet, einen Fuß draußen auf dem Parkplatzboden, und beobachte Heiko. Ich freue mich, dass es noch kleine Mädchen gibt, die Blümchenkleider tragen.

«Er ist mein Bruder», sage ich, «und er räumt auf.»

«Muss er das machen?», fragt die Kleine.

«Sagen wir mal so», antworte ich, «er will es machen.»

«Das verstehe ich nicht.» Ihre Unterlippe und ihre Augenbrauen schieben sich nach vorn, sodass sich auf der Lippe Glanz und auf den Augen Schatten bilden.

«Mein Papa räumt nie auf», sagt sie und zeigt mit dem Tetra Pak zu einem riesigen Familiengeländewagen ein paar Meter weiter, neben dem eine Frau und ein Mann miteinander streiten. «Deswegen schimpft Mama mit ihm.» Ich schaue es mir an. Die Frau zetert, während sie Mineralwasserflaschen, gebrauchte Taschentücher und Zeitungen aus dem Fußraum aufliest und ruckartig in eine Mülltüte stopft. «Was sich hier schon wieder alles angesammelt hat! Dieser Saustall! Schämen muss man sich, wenn man mit dir unterwegs ist, Udo! Ich denke, Männern ist ihr Auto so wichtig?»

«Das ist nicht *mein* Auto, das ist *unser* Auto», kontert der Mann. «Wäre es *mein* Auto, wäre es wohl eher ein 67er Chevrolet Impala.» Die Frau ignoriert die Bemerkung und füllt weiter kopfschüttelnd die Tüte. Sie trägt ebenfalls ein Kleid. Es flattert an ihrem hageren Körper. Wie ein eigenständiges Wesen setzt es ihren Tadel in zackige Gesten um.

«Ich hätte das schon noch gemacht», sagt Udo jetzt, mehr zum Kleid als zur Gattin. Das Kleid reagiert auch prompt und fährt die roten Faltenkrallen aus, noch bevor die Frau selbst sich ganz umgedreht hat. «Die 30-Sekunden-Regel!», sagt sie und trägt die Mülltüte zu einer Tonne. «Mehr sage ich nicht.» Die Tonne entlässt einen Schwarm Fliegen, als sie den Deckel öffnet. Es ist ein heißer Sommer.

«Was ist die 30-Sekunden-Regel?», frage ich Lily.

«Man soll alles, was nicht länger als 30 Sekunden dauert, sofort machen», sagt die Kleine. Ich sehe zu Heiko. Jedes einzelne Zellophan dauert nur eine Sekunde. Er pickt seit zwanzig Minuten an der Wiese des Rasthofs herum.

«Es ist nicht gut, in den Ferien zu schimpfen», sage ich, und die Kleine sieht zwischen mir, ihrer Mutter und Heiko hin und her. Sie sagt: «Mama schimpft in den Ferien noch mehr als sonst.»

«Warum?»

«Weil Papa da mehr Zeit hat, um sie zu ärgern, sagt sie.» Die Mama knallt die Mülltonne zu und schaut zu mir und ihrer kleinen Tochter. «Lily, komm da weg!», ruft sie, taxiert mich von oben bis unten und beschließt, dass ich zu gutmütig aussehe, um ihre Tochter mutwillig angelockt zu haben. «Lily, lass den Mann doch in Ruhe ...» Es fehlt noch ein Verb in ihrem Satz, aber ihr fällt keines ein. In Ruhe *essen*? In Ruhe *trinken*? In Ruhe *schlafen*? Ich mache nichts davon. Ich mache ohnehin sehr wenig. Das muss sein, allein um das Gleichgewicht der Welt und unserer Familie wiederherzustellen, denn Heiko macht viel zu viel.

«Wiedersehen», sagt Lily, artikuliert und artig. Fast glaube ich, die Andeutung eines Knicks gesehen zu haben. Sie huscht zu dem walfischgroßen SUV ihrer Eltern zurück und wird von ihm verschluckt.

«So, die Wiese ist fertig», sagt Heiko und stellt schwitzend den Greifboy an der Flanke unseres fünfzehn Jahre alten Kombis ab.

«Schön», sage ich. «Können wir dann jetzt?» Die Spitze meines Fingernagels hackt Stakkato auf dem Display des Navigators. «Noch 224 Kilometer bis Borkum.»

«Ja ja», sagt Heiko, trinkt eine Flasche Sprudel leer und schaut zum Rasthofgebäude hinüber. «Ich muss noch mal aufs Klo.» Das Etikett der Wasserflasche hat sich an einer Ecke leicht gelöst. Heiko bemerkt meinen Blick, sagt: «Oh!», greift in seinen reichhaltig ausgestatteten Heimwerkergürtel, den er immer am Hosenbund trägt, und zieht die winzige Tube mit Etikettenkleber aus einem Fach mit Druckknopf. Es ist exakt der Kleber, den die Flaschenhersteller benutzen. Heiko hat ihn für solche Situationen bestellt. Sorgsam klebt er die Ecke wieder an.

«Die Flasche gibst du doch gleich sowieso ab», sage ich.

«Ebendrum», sagt er.

Er stapft den Hügel hinauf in den Rasthof, die Flasche baumelt an seiner Hand wie ein Kind, dessen Füße nicht den Boden berühren. Als er nach drei Minuten wiederkommt, werfe ich den Motor an, doch Heiko schüttelt den Kopf. «Wir können noch nicht fahren. Die Toiletten da drin, das kann so nicht bleiben.»

«Nein», sage ich, doch er öffnet schon den Kofferraum, um seine Putzsachen zu holen. «Nein!», sage ich lauter, wie zu einem ungehorsamen Hund, sacke in mich zusammen, doch ich bin zu müde dabei, viel zu müde, denn ich weiß ja, dass es zwecklos ist. «Haben wir nur noch Frosch?», ruft Heiko aus dem Kofferraum. «Kein Cillitbang mehr oder was noch Schärferes?» Ich presse die Lippen aufeinander, seufze und rufe nach hinten: «Da müsste noch eine blaue WC-Ente sein.» Heiko findet sie, kommt herum und strahlt. Und obwohl ich diesen Gesichtsausdruck seit unserer Kindheit kenne, bleibt er für mich erstaunlich wie beim ersten Mal. Diese Freude in seinen stahlblauen Augen. Diese entwaffnende Euphorie. Wie seine Grübchen vor Vorfreude tanzen. Nicht, weil wir gleich an den Strand gehen oder eine attraktive Frau mit ihm flirtet, nein. Er strahlt, weil er jetzt losziehen und das verdreckte Klo putzen kann. Er strahlt, weil gleich eine Toilette strahlen wird. Das ist Heiko. Mein kleiner Bruder.

Von Wermelskirchen bis nach Borkum sind es 380 Kilometer, inklusive der Fähre. Normale Menschen schaffen das an einem Tag, sitzen am Abend in der sanften Brise an der Strandpromenade und trinken das erste Radler. Mit Heiko plane ich für diese Reise fünf Tage ein. Heiko fährt schließlich nicht einfach durchs Land. Heiko räumt auf. Und das kostet Zeit.

«Da, der Kegelclub dahinten, die haben alle ihr Tablett stehen lassen», sagt Heiko und springt auf. Wir sind 150 Kilometer vor Borkum, aber ich musste einfach etwas essen. Ich fahre nicht mehr durch, um Heiko vom Putzen und Aufräumen abzuhalten, denn es hilft nicht. Einmal, als wir tatsächlich ohne Pause bis zum Fährhafen sausten, verloren wir dort einen Tag, weil Heiko vor lauter Entzug die gesamte Kaimauer schrubben und den Möwendreck von den Holzpollern kratzen wollte. Heute halte ich lieber gleich an, wenn der Magen knurrt. Der Rasthof ist angenehm rustikal eingerichtet, die Spezialität des Hauses ist Gänsebraten. Bevor wir ihn betraten, habe ich meinen Standardcheck gemacht. Betreiber, Firmenkette, Fluchtwege. Ich greife in meine Hosentasche. Alle Visitenkarten vorhanden. Ich bin vorbereitet. Heiko räumt das Geschirr des Kegelclubs ab, sortiert Gläser und Tassen und schmiert Essensreste von den Tellern in eine Mülltonne, die er hinter der Bar gefunden hat.

«Hey, was machen Sie da?», unterbricht ihn ein Angestellter in weißem Polohemd, auf das eine glückliche Gans aufgedruckt ist. Heiko reagiert nicht. Er ist konzentriert auf seine Aufgabe. Ich stehe auf und sage: «Er räumt auf.» Dabei berühre ich den Gänsemann sanft an der Polohemdschulter. Er zuckt zurück, als glühten meine Fingerkuppen. «Lassen Sie es doch einfach zu», sage ich und senke meine Augenlider.

«Sie haben wohl einen geraucht», sagt der Gänsemann.

«Warum ist die Gans eigentlich glücklich, obwohl Sie sie braten?», frage ich ihn, auf sein T-Shirt deutend, um Zeit zu gewinnen. Das ist *meine* Aufgabe, während Heiko aufräumt: beschwichtigen und beschäftigen. Es gibt Schlimmeres. Der Gänsemann kräuselt die Stirn. Sein linkes Augenlid zuckt. Ich zeige auf den leeren Tisch, über den Heiko noch schnell drüberwischt. «Da, schon fertig», sage

ich, «war doch gar nicht so schlimm, oder?» Der Gänse-
mann kräuselt die Lippen. Ich schiebe Heiko aus dem Lokal.
Wir kommen bis zum Ausgang, wo in gelbem Neonlicht
Süßwaren und Magazine verkauft werden.

«Das ist unplausibel», sagt Heiko und zeigt auf die Zeitschriften. Er knetet sein Kinn. «Das muss man thematisch
anders anordnen.» Er hockt sich hin, steckt ein paar Hefte
um, schüttelt schließlich den Kopf und räumt erst mal
alles ab, damit er die Auslage von Grund auf neu konzipie-
ren kann. Meine Hand gleitet bereits in die Hosentasche
zu den Visitenkarten, als der Chef des Rasthofs in meinen
Nacken atmet. Der Gänsemann steht hinter ihm. «Was soll
das werden, wenn es fertig ist?», fragt der Nackenbeatmer.
Seine Stimme ist basslastig und bedrohlich. Ich drehe
mich um, lächele ölig, halte ihm die Visitenkarte mit der
Aufschrift *Superneat Consulting* unter die Nase und sage:
«Das wird Ihre optimierte Magazinauslage nach den neuesten Erkenntnissen der Presseauslagenzugriffsstudie von
Beyerling & Mohntau 2010.»

«Was?»

«Die Beyerling-Mohntau-Studie? Fließende Kategorien?
Thematische Übergänge der Magazine nach Dominoprin-
zip?»

Der Mann macht ein Gesicht wie ein VW Lupo.

«Das alles mit der zentralen Geschäftsführung abgespro-
chen.»

Das Lupo-Gesicht blendet auf.

Ich sage, meine Hände zeigend: «Fragen Sie Herrn Erker.»

Er wirft erstmals einen ernsthaften Blick auf die Visitenkarte: «Was heißt neat?»

«Sauber», sage ich, «aber auch rein. Also, im Sinne von: adrett und aufgeräumt!» Heiko, der die Lage in seinem Rücken bemerkt hat, steht auf, klatscht in die Hände und sagt: «Schon fertig!»

Ich nicke gütig, als würde ich dem Chef der Filiale die Störung verzeihen, und begebe mich mit Heiko zum Wagen.

In Norddeich haben wir noch eine Stunde, bis wir das Auto auf die Fähre fahren dürfen. Möwen segeln über uns. Kinder schießen sich mit Spongebob und Pokémon bedruckte Plastikbälle zu und essen Eis am Stiel. Die kleine Lily ist auch darunter. Der Geländewagen ihrer Eltern steht schräg gegenüber. Schlauchtiere, Badematten und schlecht gepackte Stofftaschen mit Teddybären, die nicht mehr in die Koffer gepasst haben, pressen sich von innen gegen die Heckscheibe. Sie sehen aus wie Entführungsopfer, die um Hilfe schreien. Ich merke an Heikos Blick, dass diese gleich gewährt wird.

«Oh, nein!», sage ich, als er die Beifahrertür öffnet und zu dem fremden Wagen geht. Er rüttelt an den Türgriffen. Ich steige aus. «Heiko, das geht zu weit.»

«Ja, in der Tat», sagt er und zeigt auf die Heckscheibe, «das geht zu weit.»

Das rechte hintere Fenster ist einen Spaltbreit geöffnet. Er überlegt kurz, kramt ein Rolle Draht aus einer Tasche seines schweren Utensiliengürtels, steckt ihn durch den

Fensterspalt und öffnet den Wagen. Er muss das schon öfter gemacht haben, wenn auch nie in meiner Gegenwart. Er greift nach vorne in den Fahrerraum und löst die Zentralverriegelung. Dann geht er um den Wagen herum, macht den Kofferraum auf und verteilt die Schlauchtiere, Badematten und Stofftaschen auf dem Asphalt, um sich erst einmal einen Überblick zu verschaffen. Mir bleibt nicht viel Zeit, denn ich höre ein lautes «Da ist jemand an unserem Wagen!», dann sehe ich auch schon das aufbrausende Kleid heranwehen. «Sie kenne ich doch!», sagt die Frau, und ihre kleine Tochter winkt mir fröhlich zu. Ihr Papa scheint im Hafengebäude zu sein, Männerklo oder heimliche Raucherecke.

Ich hebe die Hände, als müsse ich diese Leute zu ihrem eigenen Besten vom eigenen Auto fernhalten, und sage: «Er heißt Heiko. Er räumt nur auf.» Lily lacht. Das Kleid ihrer Mutter tobt. Sie streicht es zackig glatt, als möge es ausnahmsweise mal seinen Mund halten, und beobachtet Heikos Vorgehen. Sie fragt sich, ob es wahr sein kann, dass da ein fremder Mann voller Leidenschaft den Wagen aufräumt und kein Irrer am helllichten Tag vor Zeugen ihren Hausrat stiehlt. «Setzen Sie sich», sage ich, ziehe einen Klappstuhl aus unserem Heck und drücke ihr eine Flasche Wasser in die Hand. «Es wird alles gut.»

Sie setzt sich.

Schaut Heiko zu, wie er sortiert und räumt. Wie Stofftaschen sich zusammenfügen lassen oder in Klappkisten kommen.

Sie schaut zu, wie Heiko nach dem Neusortieren aller Gepäckstücke den Sauger holt und die Krümel im Kofferraum selbst aus den letzten Ritzen entfernt.

«Jetzt macht er noch sauber», sage ich.

«Er ist ein Saubermann!», sagt Lily und freut sich über das Wort. Ich lache. Ihre Mutter nimmt sie in den Arm. Das Kleid schläft. Ich reiche der Mutter Knusperkekse. Sie beißt ab und hält den Keks an der langen Hand, damit die Krümel auf den Parkplatz und nicht auf ihr Kleid fallen.

Dann stapft ihr Mann Udo herbei.

«Inge, was ist hier los?»

Inge hebt langsam die Hand. Kauend zeigt sie zu Heiko, der abschließend den Wagen wäscht und die Fenster putzt. «Da siehst du mal, Udo», sagt sie. «Kein ‹ich hätte das schon noch gemacht›. Kein Augenrollen. Kein stundenlanges aufs Klo gehen und die *Sportbild* lesen. Da siehst du, wie es geht!» Udo funkelt Heiko an. Seine Kieferknochen mahlen. Er schnauft.

«Weg von *meinem* Wagen», sagt er. Er spricht leise, und dennoch wirkt jedes Wort wie ein Fausthieb. Heiko saust mit dem Abzieher über die Windschutzscheibe. Er will fertig werden. Er hat es ja fast geschafft.

«Heiko!», rufe ich. Udo schnaubt.

Ich schüttele den Kopf, sehe ihn kollegial an und bitte ihn, mit mir zum Kai zu kommen. Unter dem Kreischen der Möwen erkläre ich ihm unsere Situation. Ich erzähle ihm von Heikos Zwang, den wir nicht behandeln lassen, weil er ihn glücklich macht, und davon, wie ich ihn beschütze, damit er die Welt aufräumen kann. Es sprudelt aus mir heraus. Sonst fasse ich mich kurz, aber wahrscheinlich habe ich ein schlechtes Gewissen wegen des Einbruchs in Udos Wagen, der natürlich *sein* Wagen ist – so wie die Handtasche die körperliche Erweiterung einer Frau darstellt. Ich kann diesen Übergriff nur wiedergutmachen, wenn ich die ganze Wahrheit enthülle. Also erzähle ich Udo von unserem Leben. Dass ich auf Borkum extra ein Ferienhaus gemietet habe, in dem wir die allerersten Mieter sind, und dass ich das jedes Jahr tue, immer in einem anderen Ort. Erste Mieter nach dem Neubau, weil dann alles perfekt ist. Nichts muss aufgeräumt werden, und wir haben endlich einmal Ruhe. Udos Kiefer entspannt sich, während ich rede. Im Hintergrund schließt Heiko die Klappe seines Autos.

«Gut», sagt er, und nickt.

Das Haus ist perfekt. Heiko findet nichts, was sich verbessern ließe. Nur die Taschen packt er aus, Hemden und Hosen in den Schrank und Bücher ins Regal, abschließend mit der Kante. Dann gehen wir los, zur Promenade, das erste Radler trinken in der kühlen Brise des Abends. Kaum sitzen wir in den weißen Stühlen und sehen über die Strandkörbe hinweg zum brausenden Meer, wehen Stimmen heran, die wir kennen. Inge. Udo. Lily. Und das Kleid.

«Nein, Udo, bei aller Liebe. Wir sind erst seit drei Stunden in der Ferienwohnung, und schon finde ich zwei Socken über dem Grill auf der Terrasse. Socken, Udo! Auf dem Grillrost. Das ist doch krank!»

«Ich bin im Urlaub, Inge! Ich wollte barfuß zur Düne gehen und habe die Socken auf dem Grill abgelegt. Ja, ich habe vergessen, sie wieder wegzunehmen, das ist wahr. Es ist schlimm, mindestens so schlimm wie die Massenmorde in Ruanda.»

«Guck mal, Mama, da ist der Saubermann!», ruft Lily und zeigt zu uns rüber. Udos Kiefer mahlen wieder. Er nähert sich der Promenadengaststätte, deren Terrasse mit einer dicken Kordel vom Rest des Weges abgetrennt ist. Er bleibt stehen und knetet mit den Händen das Tau. Dann sieht er mich und Heiko an und sagt: «Und? Schönes Haus?»

«Perfekt», sage ich zaghaft, denn ich habe eine böse Vorahnung.

«Keine Socken auf dem Kohlengrill?», fragt Udo und winkt direkt ab. «Ach. Wahrscheinlich Gas, oder? Elektro?» Er reckt sich. «Endlich Ferien, was?»

Er lässt das Tau los, dreht sich etwas weg. Was hat er vor? Er geht ein Stück und wendet sich noch einmal um wie Columbo damals, wenn ihm noch ganz *zufällig* etwas eingefallen ist. Er sagt: «Sie können von Glück reden, dass Sie es mit dem Haus so gut getroffen haben. Drüben in der Villa Monika, da hat letzte Woche eine Big Band aus Hamburg ihr Jubiläum gefeiert. Ha, da glaubt man, Jazzmusiker seien nicht wie Rockstars, aber wissen Sie was? Die haben das halbe Hotel verwüstet. Zwanzig Zimmer! Die Bar! Den Wellness-Bereich! Als wären sie von Dämonen besessen gewesen! Die Sauna muss komplett neu getäfelt werden. Wenn ich der Besitzer wäre, ich hätte keine ruhige

Minute mehr. Aber gut, das ist ja nicht mein Problem. Ich muss nur eben die Socken wegräumen.»

Udo lacht teuflisch. Nur ich kann die zwei Fältchen links und rechts der Augen sehen, diabolische kleine Furchen. Ich sacke im Stuhl zusammen. Nur ein Mal im Jahr stressfreie Ferien. Nur ein Mal!

«Bis bald», sagt Udo und zieht mit seiner Familie weiter, die gar nicht richtig mitbekommen hat, was wir Männer zu bereden hatten. Inges Kleid hat sie bereits ein Stück weiter gezerrt, und die rotgeblümte Lily winkt zum Abschied. Heiko wippt mit dem linken Bein. Dann mit dem rechten. Er kaut auf seiner Unterlippe und springt auf.

Die Fähre brummt.

Wir setzen aufs Festland über, dürfen aber nicht an Deck bei den Möwen sitzen, sondern nur unten im Stahlbauch, wo die Schokoriegel eine Monatsmiete kosten. Beamte begleiten uns von der Insel. Sie trinken Kaffee und unterhalten sich laut lachend über den Fall, von dem sie noch nach ihrer Pension berichten werden.

«Mehrfacher Hausfriedensbruch, weil er aufräumen wollte!»

«Ein Renovierungs-Rowdy!»

«Ein Wischmopp-Vandale!»

Der größere der beiden Beamten klopft Heiko auf die Schulter: «Mann, Mann, Mann, dich hole ich mal zu uns nach Hause, da müsste dringend der Keller neu getäfelt werden.»

Es ist nicht zu glauben, aber Heikos Augen blitzen tatsächlich kurz auf, als der Beamte das sagt. Ich sehe Baumärkte in ihnen, den Einkauf von Holzpaneelen, Sägearbeiten. Er zwingt sich aber dazu, trotz dieser erfreulichen Gedanken nicht zu sehr zu strahlen, denn er weiß, dass ich sauer bin. Das erste Mal seit Jahren bin ich wirklich sauer.

In Norddeich entlassen uns die fröhlichen Polizisten. Wir dürfen zu unserem Auto. Sie bleiben im Rückspiegel sichtbar, bis wir das Hafengebiet verlassen. Dieses Mal fahre ich, ohne anzuhalten. Ich ballere über die Piste, als hätte ich einen Pontiac anstelle des Passats unter dem Hintern. Oder einen 67er Chevrolet Impala, Udos Traumauto. Wir schweigen lange. Im Radio läuft «Hard To Love You» von Sebastian Wurth, der in diesem Jahr Fünfter bei *Deutschland sucht den Superstar* geworden ist. Heiko zeigt auf das Radio und sagt: «Die Komposition ist nicht ganz sauber. Ich hätte eher ...»

Ich hebe ruckartig die Hand und schnaufe. Dann drehe ich den miesen Song lauter. Heiko lässt es zu. Er singt sogar mit: «It's hard to love you / why do you treat me like you do / the stress you put me through / you drive me crazy.» Er singt laut und falsch.

Ich glaube, absichtlich.

Als sich der Refrain das zweite Mal wiederholt, muss ich lachen. Ich kann nicht anders. Heiko lacht auch. Tränen kullern. Wir kriegen uns nicht mehr ein. Ein blau-weißes Schild kündigt einen Rasthof an. Ich fahre ab und parke.

Wir holen Wurst, Fritten, Salat und Kaffee und setzen uns an einen Tisch. Nach zwei Bissen kracht es in der Küche hinter der Fleischtheke, und eine Frau ruft: «So ein Mist! Jetzt ist alles dreckig!» Heiko zögert einen Moment, bevor er aufsteht, als wolle er mich wirklich um Erlaubnis fragen. Das hat er noch nie getan. Ich lächele, spieße eine Pommes auf meine Gabel und sage: «Geh schon, Brüderchen!»

Jenni Zylka

URLAUB MIT ...

... nur einer
Kontaktlinse

Abends am Ostbahnhof war noch alles paletti. Ich stieg mit meinem Rollkoffer voller Höschen, Pumps und Kontaktlinsenpflege aus dem M41er. Lavierte elegant um die frischen Spuckeflecken auf dem Boden herum. Sah schon von weitem die großen Poren auf den Nasen der Penner, die wie immer an der Bushaltestelle ihr Abendbrot einnahmen. Den Bocco-Schriftzug entzifferte ich, bevor ich den Fusel roch und mich an früher erinnert fühlte: Bocco-Sprite, das billige Alcopop vergangener Generationen. Glasige Augen nickten mir zu, ich betrat die große Halle und las die Anzeigentafel: City Night Liner, Abfahrt 21.05 Uhr, Ankunft in München um 7.04 Uhr. Dann 23 Minuten Umsteigezeit bis zum RJ 61, dem Bummelzug nach Budapest.

Noch eine halbe Stunde also. Ich fuhr mit der Rolltreppe in den Supermarkt im Untergeschoss und kaufte, durch die Pennerparty wehmütig geworden, eine Flasche trockenen Martini. Dann fragte ich im Starbucks nach einem leeren Becher. Tall, Venti oder Grande? Grande, sagte ich. Und könntest du den Becher wohl mit Eiswürfeln füllen? Umsonst? Zwinkerte charmant, den jungen Mann in grüner Uniform mit meiner Menschenkenntnis und meinem Ausschnitt blendend, und er raschelte ergeben im Eisfach. Anfang der Neunziger habe ich versucht, Neukölln im Alleingang zu gentrifizieren, sagte ich beim Rausgehen. Meinst du, es gab dort auch nur einen Starbucks, als ich weggezogen bin? Warf ihm eine Kusshand hin. Ratterte, die Martini-Flasche sichtbar am Koffer deponiert, in Richtung Gleise.

Starrte später, wie üblich, verständnislos auf den Wagenstandsanzeiger, und musste mich auf dem Weg zum Schlafwagen Nummer 25 durch fünf Waggons drängeln. In meinem Abteil saßen Krethi und Plethi auf den beiden gegenüberliegenden unteren Betten und ließen meine Phantasien von Sex mit Fremden im Zug direkt aus dem Fenster fliegen. Oben rechts mein Bett, darüber ein kleines Netz, auf der mittleren Liege Krethis Sporttasche mit der Aufschrift «Leben und leben lassen» über dem Konterfei eines Pitbulls, auf der anderen drei Dosen Radeberger und Plethis Baseballkappe mit Playboyhase. Beschloss, den Martini woanders zu trinken. Fand zwei Waggons weiter einen Sitzplatz neben einer jungen Frau, aus deren Kopfhörer Beats drangen. Leerte die Flasche, während der iPod meiner Nachbarin seinen Akku leerte.

Das nächste Geräusch klang bayerisch. Ein Schaffner. Und ein Gefühl. Kopfschmerz. Ich öffnete die Augen. Nahm Sonnenlicht wahr, erkannte verschwommen das kleine Netz, darin ein Kontaktlinsenbehälter. Fasste nach meiner Handtasche, fand das Ticket, das ich dem gut-gelaunt knödelnden Schaffner in die ausgestreckte Hand legte. Oalls in Ordnung, in zwanzig Minuten müssens umsteigen, ge! Nickte dem undeutlichen Gesicht zu, hielt meinen Kopf, damit er nicht vom Hals fiel. Griff nach dem Linsenschälchen, merkte, dass ich noch mein Geof-frey-Beene-Kleid trug. Sah das positiv: Die Stiernacken, die sich schon stöhnend auf den Klappbetten drehten, hatten nichts zum Spannen gehabt. Tastete mich zur Toi-lette. Ging dort nah an den Spiegel heran und schaute in meine Augen, −5 Dioptrin rechts, − 4,5 links, eigentlich grün, momentan aber eher rot. Wusch die Hände, rubbelte schwarze Schlieren aus den Augenfalten und setzte die rechte Kontaktlinse ein. Schraubte dann den Deckel des linken Fachs auf. Fuhr mit dem Finger durch die Flüssig-keit. Die Fingerkuppe wurde feucht. Sie ertastete aber keine flexible, quallenartige, kleine, konkave, teure, extra in der Schweiz geschliffene Präzisionslinse. Die Linse war weg. Tunkte den Finger noch mal ein, als wäre ich im Maggi Kochstudio und würde Fischfond testen. Nichts. Wurde vom hinter den Schläfen lauernden Kopfschmerz übermannt, als der Zug mit einem plötzlichen Ruck hielt.

249

Eine Durchsage verstärkte den Schmerz. Ich musste mich konzentrieren, um etwas zu verstehen. Zuckte bei jedem rollenden r zusammen. «Aufgrund eines Gleisbettunfalls wird sich die Ankunft unseres Zugs um zwanzig Minuten verspäten. Über die Erreichung Ihrer Folgezüge werden wir Sie rechtzeitig informieren.» Kniff das linke zusammen, schaute mit dem rechten auf die Fahrkarte, schob mich aus der Toilette, ließ mich auf einen Sitz fallen. Mit klopfendem Herzen und pochenden Schläfen. Wenn ich den Zug nach Budapest verpasste, kam ich zu spät zum Wassertaxi. Und zu spät zur Hochzeit. Konnte den Kurzurlaub, das Wochenende auf dem Schloss vergessen. Das Pálinka-Trinken, Feiern, Unterhalten, Flirten, WasserTreten, Landschaft-Gucken. Konnte außerdem Florian, der seine ungarische Freundin Bianka heiraten wollte, nicht sagen, dass der Sex mit ihm der Beste in meinem Leben war. Und dass so etwas als Beziehungsgrundlage reicht.

Ich ging zurück ins Abteil, schob mich an einem halbangezogenen Mann vorbei, stieg aufs Klappbett und tastete die Wände ab. Ließ meine Hände angeekelt in die Ritze wandern, fuhr im papierdünnen, pastelligen Kopfkissenbezug hin und her. Keine Kontaktlinse. Fixierte den Boden des Abteils, merkte, wie mein malträtiertes Gehirn versuchte, den Unterschied zwischen den 100 % und den −4,5 Dioptrin auszurechnen. Hey, ich ziehe mich gerade an, bollerte Krethi oder Plethi. Zum Glück sehe ich sowieso nichts, murmelte ich. Und deine Socken kann ich riechen. Wuchtete meinen Rollkoffer vom Bett, bevor Stiernacken

pampig werden konnte, und verließ das Abteil. Es war
7 Uhr 23, in vier Minuten musste ich umsteigen. Zugbrem-
sen quietschten.

Ich hetzte über den Münchner Bahnhof, das Geräusch
des Rollkoffers so laut, dass ich die Durchsagen nicht
verstehen konnte und zwei alte Bajuwarinnen erschro-
cken auseinandersprangen. Wo muss ich hin, wohin?
Fetzte das Ticket raus, versuchte, mit dem linsenfreien
Auge Gedrucktes zu lesen, mit dem scharfen dann in die
Ferne zu schauen, Gleis 12. Wetzte weiter. Erreichte das
Gleis mit Asthmafiepen, lauter als der Pfiff des Schaff-
ners. Sprang in den Zug. Blieb erschöpft an der Wand im
Durchgang stehen. Roch Kaffee, Bier und Osteuropa.
Überlegte kurz, ob mein Geruchssinn jetzt schon stär-
ker wurde, wo ich doch fast blind war. Setzte mich ins
Restaurant, atmete tief ein, zählte bis 5, atmete aus, zählte
bis 5, atmete ein, zählte bis 5. Spannte im Takt die Geni-
talmuskeln an, weil ich Atmen und Muskeltraining vor
Jahren miteinander verbunden hatte, und es jetzt nicht
mehr abstellen konnte. Wurde langsam ruhiger.

Ein Kellner kam, alter ungarischer Hochadel zweifellos,
mit verschwommenem Gesicht und blitzendem weißen
Jackett. Ich bestellte aus Reflex einen Kaffee, weil ich die
Karte eh nicht lesen konnte, kniff dabei unwillkürlich das
linsenfreie Auge zu, ahnte, dass er zurückblinzelte, bei
Männern um die 60 habe ich Schlag. Schaute schnell weg,
in die spiegelnde Scheibe. Der Zug schien viel rampo-
nierter, klappriger als die deutschen ICEs, ratterte so laut

über die Schienen, dass ich nichts anderes hörte. Es gab keine Monitore mit Geschwindigkeitsanzeigen und keine Besetzt/Frei-Leuchten für die Toiletten, hätte ich eh nicht lesen können. Ich blieb fast zwei Stunden im Speisewagen, trank Kaffee, döste, hielt ab und an mein Handy so nah vor das fehlsichtige, unkorrigierte Auge, dass ich die Uhrzeit entziffern konnte, und überlegte, ob es in Budapest Apotheken gab, die Tageslinsen führten. Zweimal kam der Kellner und versuchte, Kontakt aufzunehmen. Ich musste nicht mal so tun, als sähe ich ihn nicht. Tastete mich schließlich in einen nahen Waggon und setzte mich auf den nächsten freien Platz. Holte meine Kopfhörer heraus, tippte blind verzweifelt auf dem Dumb Phone herum, bis Elis Regina kam, schloss beide Augen, das nutzlose und das fleißige, und dachte an Florian, an uns beide in seinem sternelosen Hotelzimmer, ohne Fernseher und Minibar, er auf mir im Bett, neben mir, unter mir, in mir. An die Witze zwischen den Nummern, die gemeinsame Überwältigung durch die körperliche Sensation. An unseren Abschied, Kummer in sämtlichen Gliedmaßen, aber er hatte ja kurz vorher Bianka kennengelernt, und dazwischenfunken, wegen ein oder zwei brennendheißen Nächten, das wollte ich nicht. Traute ich mich nicht.

Ich lehnte den Kopf an die Scheibe, drückte die Knie an die Sitzlehne vor mir, meinte im spiegelnden Fenster zu erkennen, dass dort auch jemand saß, und hoffte, dass er mein albernes, leises Schluchzen nicht hörte. Wie sehr man in sich selbst hineingucken muss, wenn man nicht erkennt, was draußen passiert.

Ich döste ein, wachte auf, weil das Dumb Phone in meiner Tasche rumpelte, las die SMS mit großer Anstrengung einäugig: Von: Olli. wo bleibst du? der bräutigam hat (Nachricht unvollständig). Wollte es gar nicht genauer wissen. Ollis Meinung zu Florians Anzug oder zu seinem Gesichtsausdruck oder zu sonst irgendetwas, was Florian betraf. Spürte Kopfschmerzen, weil das Gehirn langsam aufgegeben hatte, die scharfen und die unscharfen Informationen parallel und logisch verarbeiten zu wollen. Spürte außerdem, wie der altbekannte Liebeskummer zurückkam. Von dem keiner wusste außer mir. Tastete mich aufs Klo, grüßte zwischendurch vermeintlich den Kellner, der es auf mich abgesehen hatte, merkte an seiner Reaktion, dass es jemand anders war. War im Klo froh, dass ich kaum sehen konnte. Wischte mir die Tränen weg, die auch die 100 Prozent des rechten Auges beeinträchtigten. Versuchte mit mäßigem Erfolg, mir die Wimpern nachzuschminken. Seufzte, tastete mich zurück, ließ mich auf den Sitz fallen, setzte die Kopfhörer wieder auf. Noch einmal Elis Regina. Die ich mit Florian den ganzen Morgen nach der ersten Nacht gehört hatte, in einer für mich seltenen, romantischen Stimmung, immer wieder Águas de Março, und obwohl wir beide kein Portugiesisch verstanden, verstanden wir durchaus das Zauberhafte an dem Stück. Hielt das Dumb Phone fest, dessen einziger Vorzug war, dass man darauf Musik hören konnte. Fand die Situation passend, weit weg von zu Hause und dabei auch noch blind zu sein, blind für alles, was neu sein konnte.

Merkte in dem Augenblick, in dem ich das Display hell werden sah, dass jemand neben mir saß. Spürte gleichzeitig an der Temperatur des Sitzes, dass ich mich auf den falschen Platz zurückgetastet hatte. Vielleicht in den falschen Wagen. Nahm einen Geruch wahr, der drei eiserne Bande um mein Herz knacken ließ. Heinrich, der Wagen bricht. Erkannte undeutlich, wie eine Hand mein Dumb Phone nahm. Spürte, wie mir jemand den Kopfhörer abstreifte. Hörte eine Stimme. Die ich kannte. Und liebte. Ich hab das Stück schon seit Tagen im Kopf, sagte die Stimme. Ich drehte mich zur Seite. War nicht sicher, ob mein verwirrtes Gehirn überhaupt noch funktionierte. Kniff das Linsenauge zu, denn so nah, wie er vor mir saß, brauchte ich keine Sehhilfe. Florian. Florian! Hörte das rumpelnde SMS-Geräusch. Nahm, typische Übersprungshandlung, das Dumb Phone und schaute einäugig auf das Display. Von: Olli. (zweiter Teil der Nachricht) sich aus dem staub gemacht! hier ist die hölle los! Legte das Dumb Phone weg, versuchte, auf Florians Gesicht scharfzustellen. Wieso fährst du an meinem Hochzeitstag von Budapest nach Berlin?, fragte Florian. Ich fahre von Berlin nach Budapest, sagte ich. Aber das hier ist der Zug nach Berlin, sagte Florian. Quatsch, sagte ich. Doch, sagte er. Budapest–Berlin, mit Halt in München, heute ausnahmsweise aus Gleis 12. Gleisbauarbeiten am gesamten Bahnhof. Ich versuchte, logisch zu sein. Groschen fallen zu lassen. *First things first.*

Und wieso fährst DU dann an deinem Hochzeitstag von Budapest nach Berlin?, fragte ich. Langsam zu mir kommend. Langsam spürend, wie sich eine glucksende Glückswelle näherte. Wie mein Herz klopfte und es dabei nicht mehr in den Schläfen wehtat. Merkte auch, dass ich nicht wirklich etwas erkennen konnte. Ich sehe dich nur mit einem Auge, murmelte ich, das Lächeln hatte sich schon fast in mein Gesicht gedrängt. Also ich hab mich schon vor einer Weile anderweitig verknallt, sagte Florian. Machte eine Kunstpause, die keine war. Die echt klang. Sofern eine Pause echt klingen kann. Ich hab es nicht geschafft, dich zu vergessen. Schweigen. Ich schwieg auch. Dachte, ich spinne. Willst du damit sagen, dass du gerade deine Braut sitzen gelassen hast, fragte ich. Vor dem Altar, wie Dustin Hoffman in ‹Reifeprüfung›, nur andersrum? Florian schien zu nicken. Genauso. Ich kniff das rechte Auge zusammen. Versuchte, ihn scharf zu sehen. Dachte an eine Szene aus einem alten Hitchcock-Film, in dem eine Frau, eine Ärztin, einen Kollegen sieht, in den sie sich *at first sight* verliebt. Und dessen Bild während dieser ersten Begegnung im Umriss verschwommen bleibt. Kennst du diesen Hitchcock-Film, in dem Ingrid Bergman eine Ärztin spielt?, fragte ich. ‹Spellbound›, sagte er. Ich hörte, wie jemand nach den Fahrkarten fragte. Spürte, dass der Schaffner irgendwie die Stimmung zwischen uns mitbekam. Wenn es den Herrschaften möglich ist, hinzufügte. Ich griff in meine Tasche und hielt einen Zettel in Richtung Schaffner, Florian hielt ebenfalls etwas hin. Wieder verbrachte ich mehrere Sekunden damit, ein unscharfes Florianbild anzugucken. Das sich im untersten Drittel ein bisschen bewegte, lächelte. Junge Frau, Sie sitzen im falschen Zug, sagte der Schaffner. Stimmt beides nicht, sagte ich. Bin alt und sitze richtig. Meinte zu erkennen, wie sich das unterste Drittel von Florians Gesicht abermals zum Lächeln verzog. Ich ließ mich so nah an ihn heransinken, dass ich sein Lächeln scharf sehen konnte. Blieb so für den Rest der Fahrt. Kontaktlinsen hin oder her.

Hans Rath
URLAUB MIT ...

... viel Geld

Wir verbringen die Ferien auf Mallorca. Wir verbringen die Ferien nämlich *immer* auf Mallorca. Das darf ich allerdings nicht laut sagen, sonst regt sich meine Frau auf. «Was redest du denn da schon wieder für einen Quatsch, Toni?! Wir waren doch schon ganz oft woanders. In Italien, beispielsweise. Oder in Frankreich.»

Das stimmt, ist allerdings eine Ewigkeit her. Seit dem Jahr vor der Geburt unserer Tochter Anna fahren wir nach Mallorca. Anna feiert im Herbst ihren achten Geburtstag. Also haben wir neun Sommer in Folge auf der beliebtesten Baleareninsel der Deutschen verbracht.

Immer am gleichen Ort Urlaub zu machen hat natürlich auch enorme Vorzüge. Wir wissen, woran wir sind. Wir kennen das Hotel, den Strand, das Essen, die Umgebung.

Selbst das Wetter ist jedes Jahr gleich. Im Grunde müssten wir nicht mal mehr hinfliegen. Wir könnten uns auch daheim erholen und danach Bilder vom letzten oder vorletzten Urlaub anschauen.

Die Wahrheit ist aber, mir hängt Mallorca zum Hals raus. Zu gern würde ich meine Familie mit einem exotischen Luxusurlaub überraschen, doch leider fehlt mir dazu das nötige Kleingeld. Mein Bruder hat es Ende der Neunziger mit Aktien zu einem beträchtlichen Vermögen gebracht. Statt ihm unser Erspartes für Spekulationen zu überlassen, habe ich damals meinen Zeitschriftenhandel vergrößert. Im Zuge der wirtschaftlichen Flaute im Zeitungsgewerbe musste ich den Laden aber wieder verkleinern, und das Geld war futsch. Seitdem wird meine Frau nicht müde, mich daran zu erinnern, dass ich es mal besser meinem Bruder anvertraut hätte. Sie würde es wohl so ausdrücken: «Wir fahren nach Mallorca, weil mein Mann zu blöd ist, aus ein bisschen Geld viel Geld zu machen.»

Ferdinand Mokler kennt das Problem. Er leitet eine Bankfiliale in dem kleinen Moselstädtchen Spierspach. Die Spierspacher kämen auch nie auf die Idee, mit ihrem Ersparten an der Börse zu zocken.

«Wenn den Spierspacher die Abenteuerlust packt, dann trinkt er ein oder zwei Schoppen Moselwein und wartet, bis der Anfall vorbei ist», erklärt Ferdinand und lacht über seinen gelungenen Witz.

Wir lernen ihn, seine Frau Inge und ihre siebenjährige Tochter Maria im Hotelbus kennen, weil Anna und Maria sich ihre iPods vorführen und dabei – was für eine Überraschung – die gemeinsame Liebe für Justin Bieber entdecken. Da sich auch meine Frau Uschi und Ferdinands Gattin Inge spontan sympathisch sind, sehe ich bereits vierzehn lange Tage mit dem Spierspacher Bankdirektor auf mich zukommen.

«Ihr könnt ja am Sportprogramm teilnehmen», schlägt meine Frau wenig später vor und hüllt sich in ihren flauschigen Hotelbademantel, weil sie mit Inge zu einer Wellnessbehandlung verabredet ist. «Die machen hier Aquafitness für alle Altersklassen. Würde dir bestimmt auch guttun.»

«Ich hab keine Lust auf Aquafitness», sage ich und überhöre geflissentlich, dass ich mit Mitte vierzig von meiner Frau in «alle Altersklassen» einsortiert werde.

«Ich muss los», erwidert sie knapp. Es klingt wie: Du bist mir lästig.

Als ich wenig später auf der riesigen Hotelterrasse sitze, die nahtlos in den ebenso riesigen Speisesaal des Hotels übergeht, habe ich mich gegen Aquafitness und für einen Nachmittags-Sangria entschieden. Die Sonne scheint, ich habe einen hübschen Schattenplatz ergattert und kann obendrein drahtige Hundertjährige bei entwürdigender Wassergymnastik beobachten.

«Was dagegen?», fragt Ferdinand, setzt sich, ohne meine Antwort abzuwarten, und bittet im nächsten Atemzug darum, ihn Ferdi zu rufen, zumal er mich auch Toni zu nennen gedenke. Er prostet mir zu, nimmt einen großen Schluck von seinem Bier und fläzt sich mit zufriedenem Gesicht in seinen Rattansessel. «So lässt's sich leben, was, Toni?»

Ich nicke zaghaft und nehme dann ebenfalls einen beherzten Schluck von meinem Drink. Hat Uschi sich selbst zuzuschreiben, wenn ich schon am ersten Urlaubstag angetrunken bin. Sie wollte ja unbedingt, dass ich was mit Ferdi unternehme.

«Tja, da sitzen wir nun», sagt Ferdi und greift erneut nach seinem Bier.

Wir nicken beide, und es scheint, als würden wir unseren Gedanken nachhängen, aber in Wahrheit hat keiner von uns Lust, nach dem Leben des anderen zu fragen. Bleiernes Schweigen. Man hört lediglich die vom Pool herüberflatternden Kommandos der Aquafitnesslehrerin.

Plötzlich stutzt Ferdi, springt auf, bedeutet mir mit ausgestrecktem Zeigefinger, dass er gleich wieder da sein wird, und huscht ins Hotel.

Keine Minute später stellt er eine flache, grüne Pappschachtel auf den Tisch und verkündet leise triumphierend: «Wir könnten ja was spielen.»

Ich lege den Kopf schief und lese: Monopoly. Deutsche Version.

«Da geht es um schnöden Kapitalismus. Willst du dich damit etwa auch noch im Urlaub befassen?», frage ich hinterhältig.

«Es ist ja nur ein Spiel», entgegnet er mit zartem Hyänenlächeln. Meine Spitze hat er gar nicht bemerkt.

Ich vermute, dass er mich für einen leichten Gegner hält.

Da irrt er sich allerdings. Ich nicke also freundlich. «Ach, warum eigentlich nicht? Spielen wir eine Runde.»

Ferdi öffnet die Schachtel.

«Ich glaub es ja nicht! Das ist 'ne uralte Version in D-Mark», verkündet er überrascht, während er fahrig das in der Schachtel verstreute Spielgeld zusammenklaubt und sortiert. Wir einigen uns auf die offiziellen Regeln – im Zweifelsfall soll die Spielanleitung gelten – sowie ein Grundkapital von 30 000 Mark pro Spieler. Bester Laune bestellt Ferdi neue Drinks.

«Wie läuft das Geschäft mit Zeitschriften eigentlich so?», will mein Gegenspieler dann doch noch rasch wissen.

«Blendend», erwidere ich sarkastisch. «Seitdem fast alle Inhalte kostenlos im Netz verfügbar sind, haben sich die meisten Auflagen halbiert.»

«Na, das ist doch schön», erwidert Ferdi geistesabwesend. Er hat nicht zugehört, weil er darüber nachdenkt, das Wasserwerk zu kaufen.

«Und wie läuft es im Bankgewerbe?», frage ich.

«Ausgezeichnet», sagt Ferdi und ist nun wieder im Hier und Jetzt. «Wir gehören ja zu den systemrelevanten Banken. *Too big to fail.* Die letzte Krise hätte uns eigentlich das Genick gebrochen, aber die Regierung ist ja freundlicherweise eingesprungen.» Wieder lächelt er sein Hyänenlächeln, tippt auf das Spielbrett und fügt hinzu: «Ich kauf das Wasserwerk.»

Erst mit einer Verzögerung von mehreren Sekunden verstehe ich, was Ferdi da gerade gesagt hat: dass er nämlich seinen Job als Spierspacher Bankdirektor meinen hartverdienten Steuergeldern verdankt. Für Ferdi offenbar eine Selbstverständlichkeit, denn da ist kein Anflug von Reue, kein leises Bedauern in seinem Gesicht zu lesen, sondern nur eine raumgreifende Zufriedenheit.

Er reicht mir die Würfel. «Du bist.»

Ich sehe ihn forschend an.

«Alles okay?», will er wissen. «Hab ich irgendwas falsch gemacht?»

Ich schüttele den Kopf, lasse die Würfel rollen und nehme mir vor, Ferdi eine Lektion zu erteilen. Er soll mal erleben, wie es ist, wenn jemand die letzte Kohle aus einem rausschüttelt. Wer jedenfalls so leichtfertig mit öffentlichen Geldern umgeht, der muss wenigstens beim Monopoly bluten. Ich bestelle eine große Flasche Wasser, um einen klaren Kopf zu behalten, und rücke meinen Stuhl entschlossen näher ans Spielfeld.

Zwei Stunden später hat sich die Terrasse mit Hotelgästen gefüllt, die vor dem Essen einen Aperitif nehmen und dabei den warmen Sommerabend genießen möchten. Ich merke plötzlich, dass ich gewaltigen Hunger habe, und hoffe, dass Uschi, Inge und die Kinder gleich auftauchen werden. Das Spiel neigt sich ohnehin dem Ende zu. Ich sitze vor einem beträchtlichen Spielgeldvermögen und ergötze mich daran, den gramgebeugten Ferdi zu beobachten. Seine Häuser und Grundstücke sind an die Bank verpfändet. Mit seinem einsamen Wasserwerk und kläglichen Nebeneinkünften, die ihm nur gelegentlich und nur mit Glück zufallen, rettet er sich zwar über die Runden, aber ich wette, dass er keine Viertelstunde mehr durchhält. Alles verläuft also ganz nach meinem Plan.

«Da seid ihr ja!», höre ich Uschi sagen. Gerade hat sie mit Inge und den Kids im Schlepptau die Terrasse betreten. «Dann können wir ja jetzt alle essen gehen.»

«Gern», erwidere ich und erhebe mich rasch.

Ferdi rührt sich nicht. «Aber wir sind doch hier noch gar nicht fertig», sagt er mit vorwurfsvoller Stimme.

«Aber so gut wie», entgegne ich, ein freundliches Siegerlächeln im Gesicht.

«Heißt das etwa, du willst aufgeben?», fragt Ferdi mit ernster Miene.

Ich muss lachen. «Das Spiel ist entschieden, Ferdi. Und zwar zu *meinen* Gunsten.»

«Entschieden ist es, wenn einer der Spieler kein Geld mehr hat.» Er zeigt auf seine bescheidenen finanziellen Mittel. «Ich hab aber noch Geld.»

«Nun gib schon auf, Schatz!», mischt Uschi sich ein. «Die Kinder haben Hunger. Und ich auch.»

Meine Frau – niemand versteht es wie sie, meine bereits errungenen Siege in Niederlagen zu verwandeln. Aber diesmal werde ich mir nicht die Butter vom Brot nehmen lassen.

Ich setze mich wieder hin. «Wir kommen in zehn Minuten nach.»

Uschi seufzt genervt, Inge zuckt mit den Schultern.

«Wir warten aber nicht mit dem Essen auf euch», sagt

Inge und schaut zu Ferdi, der unwirsch nickt, ohne vom Spielfeld hochzusehen.

Die vier verschwinden im Speisesaal. Kalt lächelnd rücke ich meinen Stuhl wieder ans Spielfeld. «Wer war dran?»

Eineinhalb Stunden später ist es dann so weit. Ferdi hat sich mit Händen und Füßen gewehrt, hat getrickst und getäuscht, was das Zeug hält. Aber ich habe trotzdem dafür gesorgt, dass er zuerst sein Wasserwerk verloren hat und mir nun sein allerletztes Geld über den Tisch schieben muss. Schluss. Aus. Vorbei. Nach den offiziellen Regeln ist er draußen. Sein verkniffenes Gesicht ist die schönste Belohnung, die ich mir wünschen kann.

«Hat Spaß gemacht», heuchele ich.

«Ich brauche einen Kredit», sagt Ferdi. Er klingt flehentlich.

«Nach den offiziellen Regeln gibt es keinen Kredit», erkläre ich kühl.

«Ich kenne die offiziellen Regeln», erwidert er leise.

Zum Glück unterbricht Uschi unser Gespräch, weshalb mir die Fortsetzung von Ferdis würdeloser Bettelei erspart bleibt.

«Hallo, Schatz! Entschuldige vielmals, aber das Spiel hat doch ein bisschen länger gedauert», komme ich Uschis Standpauke zuvor. Ich nehme meine Frau in den Arm und nicke dem düster dreinblickenden Ferdi aufmunternd zu. «Wir sehen uns.» Dann hauche ich meiner kritisch dreinblickenden Frau einen Kuss auf die Wange und sage: «Und wir beide trinken jetzt ein schönes Gläschen Champagner.»

Drei Tage lang wechselt Ferdi kein einziges Wort mit mir. Es sind glückliche, unbeschwerte Tage, obwohl es unter der Oberfläche merklich brodelt. Ferdi rächt sich für meine Kreditabsage, indem er seine reale finanzielle Überlegenheit ausspielt. Den Frauen lässt er flaschenweise Champagner zu ihren Wellnessbehandlungen servieren, und Anna und Maria hat er zuerst einen Surfkurs und dann mehrere Reitstunden bezahlt. Und sein Plan scheint aufzugehen. Uschi lobt Ferdis Großzügigkeit über den grünen Klee und hat mich nun schon mehrfach darauf angesprochen, ob ich ihm nicht endlich Kredit geben will. Es sei doch nur ein Spiel. Und man sei ja schließlich im Urlaub. Und überhaupt solle ich mich mal nicht so haben.

Am vierten Tag lasse ich mich dann doch breitschlagen und biete Ferdi eine Revanche an.

Als ich zu unserem angestammten Platz auf der Terrasse komme, erwartet mich eine Überraschung. Ferdi hat das Spiel offenbar so aufgebaut, wie wir es beendet haben. Allerdings ist die Bank nun mit frischem Geld versorgt, und zwar in diversen Währungen.

«Was hat das zu bedeuten?», will ich wissen.

«Ich hab mir beim letzten Mal den Spielstand notiert. Und ich will keine Revanche», antwortet Ferdi. «Ich will nur einen Kredit, um das Spiel doch noch rumzureißen.»

«Wo hast du das ganze Geld her?»

«Es gibt im Spieleschrank mehrere Monopoly-Spiele. Die hab ich alle geplündert.»

Ich betrachte ratlos die Scheine auf dem Spielfeld und

frage mich, wie wir die ganze Valuta umrechnen sollen. Ferdi errät meine Gedanken. «Ich hab mir überlegt, dass wir komplett auf Euro umstellen. Es gilt immer der Nennwert des jeweiligen Scheines in Euro. Und ich hab auch die Häuser und Hotels aus den anderen Spielen geklaut. Damit es für dich nicht langweilig wird, kann man jetzt so viele Hotels auf ein Grundstück setzen, wie man will – mit dem Ergebnis, dass man entsprechend höhere Mieten erzielt.»

Obwohl ich Ferdis Ausführungen unter psychologischen Aspekten nicht unproblematisch finde, bin ich beeindruckt.

«Was ist mit Zinsen?», will ich wissen.

Ferdi zieht einen Taschenrechner hervor, legt ihn neben das Spielbrett und richtet ihn liebevoll parallel zum Rand des Brettes aus. «Sechs Prozent – pro Stunde. Das Geld kommt in einen gesonderten Topf und wird nachher mit dem Faktor eins zu zehntausend in Drinks umgerechnet: Zehntausend Euro Zinsen von mir ergeben also einen Drink an dich.» Er grinst breit und fügt hinzu: «Oder eben umgekehrt.»

Ich nicke. «Klingt alles sehr vernünftig, lass uns anfangen.»

Diesmal brauche ich fast die ganze Nacht, um das auf dem Tisch befindliche Spielgeld in meinen Besitz zu bringen. Ich bin nun Eigentümer von ein paar Dutzend Hotels, außerdem kann ich mich der Zinsen wegen mehrere Tage auf Ferdis Kosten volllaufen lassen. Wichtiger ist mir aber, dass der Monopoly-Wahnsinn nun ein Ende hat und ich endlich meinen Urlaub genießen kann.

«Es ist nur ein Spiel», sage ich versöhnlich. «Und die Zinsen-Drinks kannst du vergessen. Wir köpfen morgen eine Flasche Roten auf unser gemeinsames Wohl und genießen dann einfach unseren Urlaub. Und den Frauen sagen wir, dass die Partie unentschieden ausgegangen ist.»

«Das darf nicht sein», flüstert Ferdi ins Halbdunkel, als ich mich erheben will, um mich zur verdienten Nachtruhe zu begeben. «So kann es einfach nicht enden.»

Er klingt besorgniserregend verzweifelt.

«Ferdi, lass gut sein», bitte ich, aber da rollen ihm bereits Tränen über die Wangen, und er beginnt heftig zu schluchzen.

«Ich hab schon immer davon geträumt, Investmentbanker zu werden», bringt er stockend hervor. «Den Job als Filialleiter hab ich doch nur, weil Inge unbedingt in ihrem beschissenen Heimatdorf bleiben wollte. Sonst wäre ich längst in Frankfurt. Oder vielleicht sogar in New York.»

Zärtlich streichelt er das Monopoly-Brett. «Verstehst du denn nicht, Toni? Das hier ist mein Leben. Wenn ich hier versage, dann muss ich annehmen, dass ich es da draußen auch niemals geschafft hätte.»

Da ich überzeugt davon bin, dass Ferdi lediglich zu viel getrunken hat, verspreche ich ihm einen neuen Kredit und den Fortgang der Partie am nächsten Tag. Mit Hilfe des Nachtportiers wird unser Spieltisch in einen sicheren

Nebenraum gebracht. Wenn die mallorquinische Sonne aufgegangen ist, wird Ferdi sein nächtlicher Ausbruch zweifellos peinlich sein, und wir können die Sache endlich zu den Akten legen.

Es stellt sich heraus, dass Ferdi jedes Wort ernst gemeint hat. Wir spielen deshalb eine weitere Partie und dann noch eine. Dann noch eine und dann noch eine und so weiter. Während sich meine Familie prächtig amüsiert und einen wundervollen Urlaub verlebt – nicht zuletzt aufgrund Ferdis großzügiger Geschenke –, verbringe ich meine Nachmittage und den größten Teil meiner Nächte auf der Hotelterrasse mit einer schier endlosen Partie Monopoly. Meistens komme ich erst nachmittags aus dem Bett. Es bleiben mir dann nicht mehr als zwei Stunden Freizeit, die ich dösend unter einem Schirm verbringe, um der größten Hitze des Tages auszuweichen, bevor Ferdi mich zum Spieltisch schleift.

Obwohl die Situation für ihn immer aussichtsloser wird, will er schlicht nicht aufgeben. Das hat mich zuerst genervt und dann so mürbe gemacht, dass ich mit dem Saufen angefangen habe. Am Spielverlauf ändert das aber auch nichts. Im Grunde bin ich jetzt für Ferdi so etwas wie systemrelevant. Too big to fail. Am fünften Tag schuldet der Spierspacher Bankdirektor mir neunzig Millionen Euro Spielgeld, zwei Tage später sind es 1,4 Milliarden. Weitere zwei Tage später schuldet er mir 600 Milliarden, und drei Tage vor Urlaubsende sind es 1,1 Billionen Euro. Damit hätte ich nicht nur die letzte große Finanzkrise im

Alleingang bekämpfen, sondern mir obendrein noch einen netten Abend machen können.

Das Durchschlagen der Grenze von einer Billion Euro ist jedenfalls der Punkt, an dem ich endgültig die Nase voll habe. Ich bin bislang kaum am Meer gewesen, befinde mich auf dem besten Weg, Alkoholiker zu werden, und meine Haut ist so weiß, als hätte ich die vergangenen zehn Tage nicht auf einer Baleareninsel, sondern in einem fensterlosen Keller verbracht. Drei Tage dieses Urlaubs könnte ich noch genießen, ohne von einem wild gewordenen Banker zum Monopoly gezwungen zu werden, wenn ich nun entschlossen handele. Und ich bin fest entschlossen, genau das zu tun: Ich weigere mich schlicht, weiterzuspielen.

«Schade. Aber gut, da kann man nichts machen», sagt Ferdi vermeintlich einsichtig, fügt aber hinzu: «Dann also nur noch dieses eine Spiel.»

«Nein, Ferdi! Es ist endgültig vorbei! Kein Spiel mehr! Nicht ein einziges!»

«Jetzt warte doch mal, Toni …»

«Nein! Ich will nichts hören», unterbreche ich barsch.

«Aber es wären drei luxuriöse Urlaubstage für dich drin. Natürlich auch für deine Familie. Alles vom Feinsten. Nur First Class.»

Mein Zögern beweist ihm, dass ich nicht gänzlich uninteressiert bin.

«Und über das Spiel werde ich kein Wort mehr verlieren», fügt er hinzu.

Ich seufze und nicke. «Gut. Ich höre.»

Sein Vorschlag lautet, ich soll ihm – garantiert letztmalig – 400 Milliarden Euro leihen. Dafür bekomme ich von Ferdi einen offiziellen Schuldschein über 1,5 Billionen Euro ausgehändigt. Gelingt es ihm nicht, das Spiel herumzureißen, kann ich meinen Schuldschein gegen drei luxuriöse Urlaubstage eintauschen. Ferdi bietet eine Segeltour, ein ausgedehntes Wellnessprogramm, ein Essen in einem formidablen Restaurant in Palma und noch einiges mehr, selbstverständlich alles komplett auf seine Kosten.

Eigentlich kann ich ein so großes Geschenk von einem offenbar unzurechnungsfähigen Bankdirektor nicht annehmen. Andererseits hat Ferdi mir den größten Teil meines Urlaubs versaut. Wenn er jetzt dafür sorgt, dass wenigstens die letzten drei Tage nett werden, dann scheint mir das nur gerecht zu sein. Ich bin also einverstanden.

Als wir uns zur letzten Schlacht treffen, ist es 14.23 Uhr. Ferdi überreicht mir den Schuldschein.

«Oh! Sieht ziemlich professionell aus», bemerke ich anerkennend.

«Ist er auch», erwidert Ferdi. «Ich hab in der Bank angerufen und mir einen Blankoschein faxen lassen. Soll ja alles seine Richtigkeit haben.»

Ich stecke den Schein weg und frage mich, ob Ferdi nicht sicherheitshalber doch mal einen Therapeuten aufsuchen sollte. Dann beginnen wir mit dem Spiel.

Mein Luxusurlaub beginnt quasi um 4.36 Uhr mallorquinischer Ortszeit. In genau diesem Moment muss Ferdi rund 22 Millionen Euro Miete für einen Besuch meiner riesigen Hotelsiedlung auf der Parkstraße hinblättern. Und er hat nicht mal mehr lächerliche fünfzehn Millionen auf der hohen Kante.

Im fahlen Mondlicht sehe ich Ferdis versteinert wirkende Silhouette.

«Jesus Christus!», höre ich ihn flüstern. Und wieder: «Jesus Christus!»

Als ich mich erhebe, lehnt er sich schnaufend zurück und schaut schwermütig in den Sternenhimmel. «Lass mich noch eine Weile hier sitzen.»

Ich nicke, klopfe ihm im Vorbeigehen verständnisvoll und kumpelhaft auf die Schulter und merke, dass sich mein Mitleid in Grenzen hält.

Als ich am nächsten Morgen die Lobby betrete, um mit Ferdi das Programm für die kommenden drei Tage zu besprechen, drückt mir der Portier einen Zettel in die Hand und sagt: «Herr Mokler lässt Ihnen ausrichten, dass er bereits abgereist ist.»

Auf dem Stück Papier ist nur ein einziger Satz zu lesen: *Tut mir echt leid, Kumpel, aber ich hab einen dringenden Termin in Deutschland.*

Meine letzten drei Urlaubstage kann ich nur bedingt genießen, weil ich den Fehler gemacht habe, meiner Frau von Ferdis Schuldschein zu erzählen. Deshalb bin ich ihren spitzen Bemerkungen jetzt schutzlos ausgesetzt, zumal sich herausstellt, dass Ferdi den größten Teil der von ihm gebuchten Wellnesspakete, Reitstunden und Champagnergedecke auf *unser* Zimmer hat buchen lassen – sowie nebenbei auch sämtliche Mahlzeiten und Getränke, die wir beim Monopoly bestellt haben.

All das ist nun rund acht Monate her, und lediglich ein fast zur Hälfte abbezahlter Kleinkredit erinnerte mich noch an die Begegnung mit Ferdinand Mokler – bis vor zwei Wochen sein Gesicht plötzlich in den Wirtschaftsnachrichten auftauchte: «... hat ein Bankdirektor aus dem Moselstädtchen Spierspach der ‹SPORA Credit Group› durch hochspekulative Aktiengeschäfte einen Verlust von mehr als drei Milliarden Euro beigebracht ...»

Es waren die Spätnachrichten, und noch in der gleichen Nacht ging ich in meinen Laden, kopierte Ferdis Schuldschein und schickte ihn an die SPORA Credit Group. Dazu legte ich ein Schreiben, in dem ich ausgesucht höflich und wohl auch ein bisschen hämisch erklärte, dass der von Ferdinand Mokler verursachte Verlust wohl 1,5 Billionen Euro höher ausfallen werde als bislang angenommen. Die nächtliche Aktion war als Scherz gedacht, außerdem wollte ich mich an Ferdi rächen. Und ehrlich gesagt hatte ich auch ein paar Gläser Wein zu viel intus.

Vor rund einer Woche erhielt ich ein Schreiben der Anwälte der SPORA Group. Gegen Unterzeichnung einer 280-seitigen Verzichtserklärung sei man bereit, mir 150 Millionen Euro auf ein Konto meiner Wahl zu überweisen. Alternativ werde man mir für den Rest meines Lebens mit ständig neuen Klagen die Hölle heiß machen.

Ich habe kurz überlegt, und da ich ein umgänglicher Typ

bin und Zocken mir überhaupt nicht liegt, habe ich die 150 Millionen akzeptiert.

Gestern ist das Geld tatsächlich bei mir eingegangen.

Heute Morgen habe ich dem Knast, in dem Ferdi einsitzt, anonym fünfzehn Monopoly-Deluxe-Ausgaben gespendet und danach für den ganzen Sommer eine Privatyacht vor Barbados gemietet. Meine Frau war zunächst bass erstaunt und dann ungewohnt freundlich und sehr anschmiegsam. Sie hat größtes Verständnis dafür, dass ich mal eine Auszeit brauche. Der letzte Urlaub sei ja schließlich ungeheuer stressig für mich gewesen.

ÜBER DIE AUTOREN

Markus Barth arbeitete als Autor für zahlreiche Künstler und Fernsehsendungen(u. a. «Ladykracher» und «heute Show») und tritt seit 2007 auch selbst als Stand-up-Comedian auf (Soloprogramm «Deppen mit Smartphones»). Weil er das r nicht rollen kann, lebt der gebürtige Franke seit 1999 im Kölner Exil. Nach seinem ersten Buch *Der Genitiv ist dem Streber sein Sex ... und andere Erkenntnisse aus meinem Leben 2.0* (rororo 25514) erscheint im Oktober 2012 *Mettwurst ist kein Smoothie: Und andere Erkenntnisse aus meinem Großstadtleben* (rororo 25856).

Martina Brandl, Komikerin und Sängerin, trat zunächst als musikalischer Gast auf Lesebühnen auf und schrieb dann selbst Kurzgeschichten. Sie tourt seit 1997 mit ihren Kabarettprogrammen im deutschsprachigen Raum, tritt im Fernsehen auf und moderiert regelmäßig in den Quatsch Comedy Clubs in Berlin und Hamburg. Ihre Stimme wurde im Radio durch die Kanzlerinnen-Soap *Angie – Die Queen von Berlin* bekannt. Ihre Romane *Halbnackte Bauarbeiter* und *Glatte runde Dinger* wurden zu Bestsellern. 2011 erschien ihr neuer Roman *Schwarze Orangen* und 2012 ihr neues Programm *Jedes 10. Getränk gratis – ein Selbstversuch*.

Horst Evers begann kurz nach seinem Lehramtsstudium zu schreiben und vorzulesen. Nach den ersten öffentlichen Auftritten gründet er 1990 mit einigen Freunden die Vorlesebühne «Dr. Seltsams Frühschoppen» und danach eine weitere Lesebühne namens «Mittwochsfazit». Als Sänger und Kabarettist konnte Evers neben dem deutschen Kabarettpreis 1996 und allerhand anderen Auszeichnungen auch den Theodor-Adorno-Ähnlichkeitswettbewerb für sich entscheiden. Seine Texte sind in den Büchern *Die Welt ist nicht immer Freitag* (rororo 24251), *Mein Leben als Suchmaschine* (rororo 24935) *Gefühltes Wissen* (rororo 24294) und *Für Eile fehlt mir die Zeit* (rororo 25498) versammelt.

Dietrich Faber entschloss sich nach zahlreichen Studienabbrüchen zu einer Weiterbildung in Schauspiel, Sprechen und Singen. Bekannt wurde er mit Martin Guth als Kabarettduo FaberhaftGuth. Der Gewinner zahlreicher renommierter Kabarettpreise schrieb außerdem für Zeitschriften und trat für das HitRadio FFH und den Hessischen Rundfunk hinter das Mikrophon. Seinen Debütroman *Toter geht's nicht*, gleich ein Bestseller, hat er 2011 bei Rowohlt Polaris veröffentlicht und in einer Leseshow bundesweit auf die Bühnen gebracht. Sein zweiter Roman *Der Tod macht Schule* erscheint im Herbst 2012.

Rita Falk machte sich mit ihrer Provinzkrimiserie um den Dorfpolizisten Franz Eberhofer einen Namen. Bereits ihr erster Roman *Winterkartoffelknödel* schaffte es ganz oben auf die Spiegel-Bestsellerliste. Es folgten, ebenfalls sehr erfolgreich, *Dampfnudelblues* und *Schweinskopf al dente*. Die Autorin lebt mit ihrem Mann, einem Polizeibeamten, in München.

Kirsten Fuchs war 2003 Gewinnerin des Literaturwettbewerbs Open Mike, seitdem hat sie zwei Romane veröffentlicht, *Die Titanic und Herr Berg* (rororo 24084) und *Heile, heile* (rororo 24736). Sie schrieb außerdem Kolumnen für die taz (erschienen 2006 unter dem Titel *Zieh dir das mal an!* rororo 24256) und für *Das Magazin*. Sie ist Mitglied der «Chaussee der Enthusiasten».

Thomas Gsella war Redakteur und Chefredakteur des Satiremagazins Titanic. Er veröffentlichte das Schule machende Fußballreporterlehrbuch mit dem Titel *So* *werde ich Heribert Faßbender* (mit Heribert Lenz und Jürgen Roth) und zahlreiche Gedichtbände wie *Warte nur, balde dichtest du auch. Die Offenbacher Anthologie* (nicht herausgegeben von Marcel Reich-Ranicki). Im Mai erschien seine neue Lyrik- und Prosasammlung *Komische Deutsche*. 2011 wurde ihm der Robert-Gernhardt-Preis verliehen.

Volker Klüpfel und Michael Kobr

wurden mit ihren Kommissar-Kluftinger-Krimis bekannt. Mit einer Auflage von über drei Millionen Büchern ist das Autorenduo aus den Bestsellerlisten nicht mehr wegzudenken. Klüpfel studierte Politikwissenschaft, Journalistik und Geschichte und war Redakteur bei der Augsburger Allgemeinen Zeitung. Michael Kobr ist Realschullehrer für Deutsch und Französisch. Für ihre Romane wurden die Autoren 2011 mit dem Kulturpreis Bayern geehrt.

Janne Mommsen

ist studierter Musiker, arbeitete aber unter anderem als Werftarbeiter und Traumschiffpianist. Als freier Autor schreibt er heute Romane, Drehbücher und Theaterstücke. Zuletzt erschienen seine erfolgreichen Romane *Oma ihr klein Häuschen* (rororo 25409), *Ein Strandkorb für Oma* (rororo 25686) und *Oma dreht auf* (rororo 25842).

Mia Morgowski schrieb bereits als Kind in ihren Schulheften über die Abenteuer der KnulliBullis (Plastikfiguren aus einer Erdnusspackung). Später arbeitete sie in einer Hamburger Werbeagentur. Ihr Debütroman *Kein Sex ist auch keine Lösung* (rororo 24838) wurde zum Überraschungserfolg und mit Marleen Lohse, Armin Rohde und Anna Thalbach verfilmt. Von Morgowski liegen außerdem die Romane *Auf die Größe kommt es an* (rororo 25322) und *Die Nächste, bitte: Ein Arzt-Roman* (rororo 25637) vor.

Rainer Moritz, 1958 in Heilbronn geboren, leitet das Hamburger Literaturhaus. Er ist Literaturkritiker und Autor zahlreicher Publikationen, darunter zuletzt (mit Reto Guntli) *Die schönsten Buchhandlungen Europas* (2010), die Romane *Madame Cottard und eine Ahnung von Liebe* (2009) und *Madame Cottard und die Furcht vor dem Glück* (2011) sowie *Das große Schlagerquiz* (2012).

Hans Rath studierte Philosophie, Germanistik und Psychologie in Bonn. Er arbeitete u.a. als Tankwart, Bauarbeiter und Bühnentechniker, bevor er hauptberuflich mit dem Schreiben begann. Rath hat Theaterkritiken, Drehbücher und sehr erfolgreiche Romane verfasst: *Man tut was man kann* (rororo 24941), derzeit in Verfilmung, *Da muss man durch* (rororo 25455) und *Was will man mehr* (rororo 25582). Er lebt heute als freier Autor in Berlin.

Matthias Sachau wurde in München geboren. Bekannt wurde Sachau zwar nicht dadurch, dass er als erster Erwachsener mit einem Bobbycar die Veteranenstraße runtersauste, dafür aber mit seinen Bestsellern *Schief gewickelt*, *Kaltduscher* und *Wir tun es für Geld*. Er arbeitet als freier Autor und Texter in Berlin.

Oliver Maria Schmitt hat Rhetorik und Kunstgeschichte in Tübingen und Leeds studiert. Seine Texte erscheinen unregelmäßig in der Frankfurter Allgemeinen Zeitung, der Süddeutschen Zeitung, GEO Saison, der Zeit und der Titanic, deren Chefredakteur Schmitt fünf Jahre lang war. Bei Rowohlt lieferbar sind *Anarchoschnitzel schrieen sie: Ein Punkroman für die besseren Kreise* (rororo 24343) und *Der beste Roman aller Zeiten* (rororo 24842).

Frank Schulz ist gelernter Groß- und Außenhandelskaufmann und studierter Germanist. Er arbeitete als Redakteur für diverse Zeitungen, bevor er sich mit der sog. Hagener Trilogie (*Kolks blonde Bräute*, rororo 25798 / *Morbus fonticuli oder Die Sehnsucht des Laien*, rororo 25799 / *Das Ouzo-Orakel,* rororo 25800) einen Ruf und Ruhm als Schriftsteller erwarb. Zuletzt erschienen *Mehr Liebe. Heikle Geschichten* (rororo 25608) und der Roman *Onno Viets und der Irre vom Kiez*.

Stefan Schwarz schreibt monatlich Kolumnen über das Familienleben für *Das Magazin* und veröffentlichte u. a. die Kurzgeschichtensammlungen *War das jetzt schon Sex?* (rororo 25615), *Die Kunst, als Mann beachtet zu werden* und *Ich kann nicht, wenn die Katze zuschaut* (rororo 25511). Sein erster Roman, *Hüftkreisen mit Nancy* (rororo 25503), wird derzeit verfilmt. Zuletzt erschien *Das wird ein bisschen wehtun.* Schwarz lebt in Leipzig und bezeichnet sich selbst als Allerweltsjournalisten und Gelegenheitsschriftsteller.

Oliver Uschmann wurde in Wesel geboren. Er studierte in Bochum Germanistik und in Berlin die Wirklichkeit. Heute lebt er mit seiner Frau Sylvia Witt im Münsterland. Gemeinsam erschaffen sie dort die «Hui-Welt» rund um die Romane der *Hartmut und ich*-Reihe sowie zahllose weitere Bücher. Sie haben zwei Katzen, hundert Fische und eine Teilzeittochter.

Jenni Zylka trat als Stand-up-Comedian auf, schreibt u. a. für taz, Tagesspiegel, Spex und Spiegel Online, moderiert und sichtet für die Berlinale und hat im WDR eine eigene, mit dem Deutschen Radiopreis 2011 ausgezeichnete Literatursendung. Außerdem gehört sie zur Jury des Adolf-Grimme-Preises, hat Drehbücher und zwei lustige Romane geschrieben: *1000 neue Dinge, die man bei Schwerelosigkeit tun kann* und *Beat baby, beat!*, und fährt einen todschicken Oldtimer.

Horst Evers

«Evers' Geschichten sind federleicht, voll fatalistischen Humors. Einfach klasse.»
(Süddeutsche Zeitung)

Mein Leben als Suchmaschine
rororo 24935

Gefühltes Wissen
rororo 24294

Die Welt ist nicht immer Freitag
rororo 24251

Für Eile fehlt mir die Zeit
rororo 25498

rororo 25498

Das für dieses Buch verwendete FSC®-zertifizierte Papier
Pamo Super liefert Arctic Paper Mochenwangen, Deutschland.